小やぎのかんむり

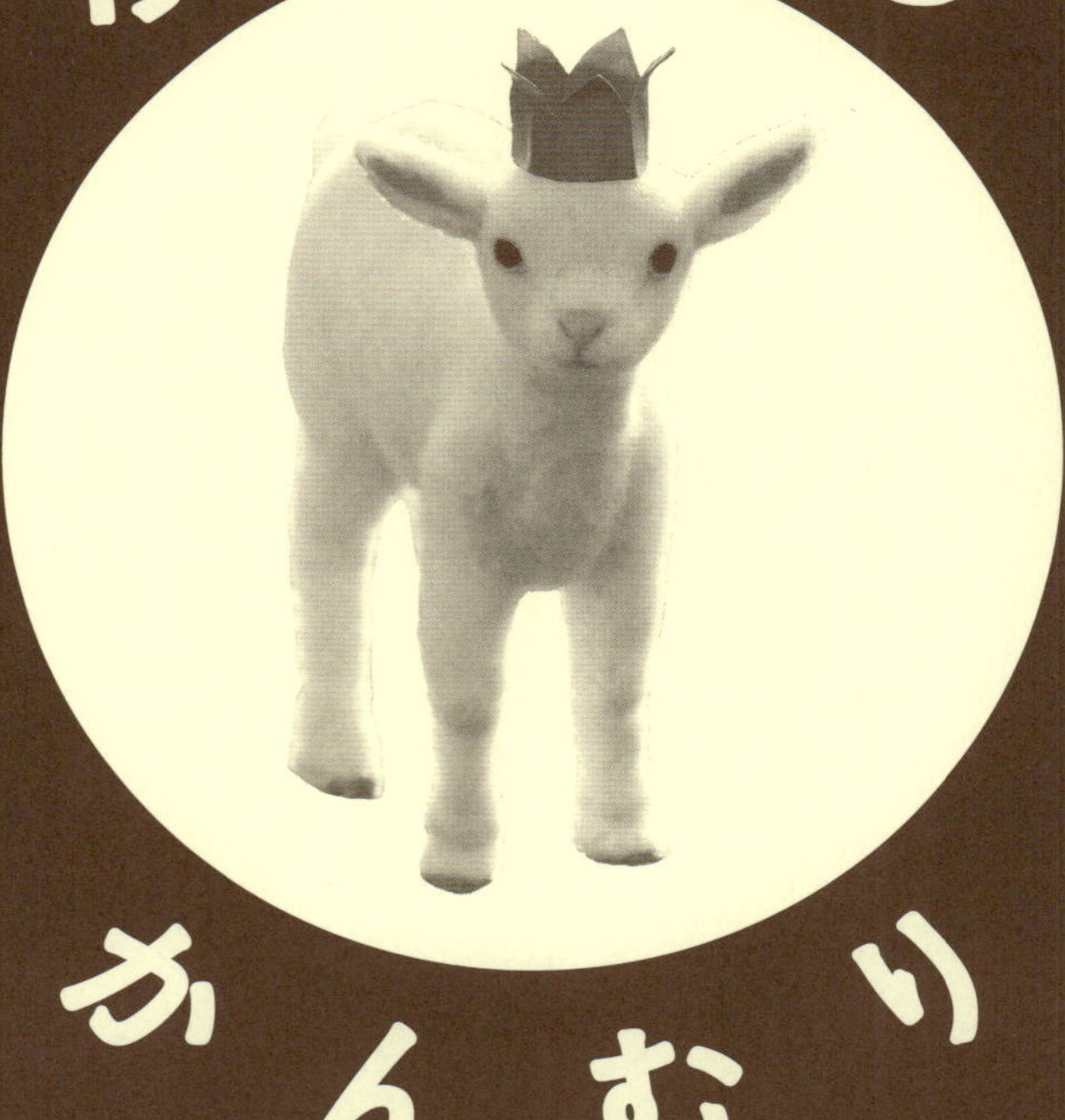

市川朔久子

講談社

小やぎのかんむり

カバー立体製作・撮影　YOSHiNOBU
装丁　坂川栄治＋坂川朱音（坂川事務所）

あるところに　さんびきのやぎがおりました。
ちいさいやぎと　ちゅうくらいのやぎと　おおきいやぎです。
やぎたちは　やせて　おなかをすかせていたので、
やまへ　くさをたべに　いきました。

もくじ

第一章　夏のはじめ　7
第二章　サマーステイ　16
第三章　新顔　37
第四章　助《すけ》っ人《と》　49
第五章　三匹《びき》のヤギ　71
第六章　小さいヤギ　88
第七章　わるい草　106

第八章　小石　132
第九章　中くらいのヤギ　147
第十章　山の晩餐《ばんさん》　162
第十一章　大きいヤギ　177
第十二章　小さいヤギ　中くらいのヤギ　大きいヤギ　191
第十三章　最後の夜に　220
終章　夏のたからもの　240

第一章　夏のはじめ

夏休みも近くなった七月のある日、父が交通事故に遭《あ》った。

横断歩道でもないところを堂々と渡《わた》っていて、走ってきた軽自動車にはねられたのだった。

運転していたのは、保育園に孫を迎《むか》えに行く途中《とちゅう》のおじいちゃんで、急に熱を出したという園からの知らせに、かなり焦《あせ》っていたのだという。

病院で平身低頭、目に涙《なみだ》を浮《う》かべて謝《あやま》るおじいちゃんに、「被害者《ひがいしゃ》」の父はねちねちと嫌《いや》みな言葉を投げかけていた。さっきのお医者さんに対する態度とはぜんぜん違《ちが》う。

わたしは廊下《ろうか》に立ち、じっと窓の外を見ていた。ひかれたのがその熱を出したお孫さんや、保育園の子たちでなくて、本当によかったと思いながら。

しょんぼりと部屋を出てきたおじいちゃんは、わたしと目が合うと気の毒なくらい深々と頭を下げてきた。わたしはすごく悲しくなった。

父のほうこそごめんなさい。自分だって悪いのに。ちょっと大きな会社に勤めてるからって、あんなにいばることないと思う。わたしはちっとも怒《おこ》ってなんかいませんよ。

大人だったら上手にそう伝えられたかもしれない。でもわたしはやりかたを知らなかった。だから、おじいちゃんに向けてにこっと微笑《ほほえ》んでみせた。

おじいちゃんは、ひどく悲しそうな顔で去っていった。

「佐枝子《さえこ》、おおい、佐枝子ー」

父が母を呼んでいる。「はいはい」と母が廊下《ろうか》を小走りに戻《もど》ってきた。立っているわたしを見て足を止める。

「なっちゃん、お腹《なか》減ってない？　びっくりしたでしょう、疲《つか》れたらロビーで座《すわ》っててもいいのよ」

今日は一日、事務手続きやらなにやらで走りまわっているせいで、さすがにちょっと顔色が悪い。なのに、こんなときまで人のことを心配する。

「大丈夫《だいじょうぶ》」とわたしが答えるあいだにも、父の声が焦《じ》れてだんだん不機嫌《ふきげん》になっていく。母が病室に吸いこまれるのを見とどけてから、わたしは制服と通学かばんという学校帰りの格好のままエレベータに向かった。わたしの着ている制服をちらちらと見てくる人がいる。一階に降りて売店に行くと、カフェオレの一リットルパックを買った。すみっこのベンチに座って ゆっくりとそれを飲む。一リットルを最後の一滴《てき》まで飲みほして、空になったパックをきちんと潰《つぶ》して畳《たた》んでごみ箱に捨てた。それから、消毒のにおいのする病院のトイレに行って、飲んだものをぜんぶ吐《は》いた。

「夏芽《なつめ》！」

翌朝、駅の改札を通りすぎていると、鳴沢香子《なるさわかこ》が駆《か》けよってきた。本当は「きょうこ」と読むのだけど、友達はみんな香子と呼んでいる。わたしたちは学校へ向かって並んで歩きだした。通勤通学の人々で混みあう道を、ふたり慣れた足どりですいすいと進む。日射《ひざ》しはすでに強く、夏服から伸《の》びたわたしたちの腕《うで》も白く光っている。

「昨日大丈夫《だいじょうぶ》だった？　お父さん」

「ぜーんぜん平気。なんか拍子抜《ひょうしぬ》けしちゃった。せっかくだから、もうちょっと強めにひいてくれてもよかったのに」

そうそぶいた瞬間《しゅんかん》、あのおじいちゃんのうなだれた横顔が浮《う》かんで、わたしはひそかに反省した。香子はぎゃはは と笑ったあと、わたしの肩《かた》をさりげなくとんと押《お》した。わたしたちはそろって左右へよけ、前から早足でやってきたひとりのサラリーマンをすいとやりすごす。

わたしたちの通っているのは創立百年を超《こ》す私立の女子校で、まあまあの学力と、中学校から短大・大学までひと通り取《と》り揃《そろ》えてあることで、地元ではわりと人気がある。けれどももっと人気なのはこの制服で、クラシカルで清楚《せいそ》な雰囲気《ふんいき》はある種の人々を引きよせる力があった。

不自然に視線を上げず、そのくせほかの通行人をよけつつまっすぐこっちへ向かってきたその男は、ちらりとわたしたちを見て、また駅へ向かう人々の群れへと戻《もど》っていった。

「ありがと」

「なんの」

偶然《ぐうぜん》を装《よそお》い、スマートフォンに見入るふりをしてすれ違《ちが》いざま胸《むな》もとに手を押《お》しつけられるなんて、わたしたちには日常茶飯事《さはんじ》だ。自意識過剰《かじょう》なくらいでちょうどいい。

「それより香子、あのサマーキャンプどうなった？　やっぱり行く？」

「うん、そのつもりだけど。夏芽は？　どうする、気が変わった？」

この時期、学校の廊下《ろうか》には夏休み中に執《と》りおこなわれるさまざまなプログラムのポスターやパンフレットが並んでいる。農村体験、サイエンスプログラム、短期留学――。色とりどりのそれらは、どれも輝《かがや》く夏休みを約束しているようだ。香子が行く予定なのは、予備校の主催《しゅさい》する一週間の勉強合宿だった。これしか両親に許してもらえなかったのだという。「夏芽もいっしょに行こう」と誘《さそ》われたものの、その過酷《かこく》な時間割りを見てひるんでいたのだったが――。

「やっぱり、行こうかな……」

「ホント？」

た。

「……そっか。うん、そうだね」

香子はなんだか心得たようにうんうんとうなずいた。香子はわたしにとってよい友達だった。

問題は参加費だけど、いざとなればこれまで貯《た》めたお年玉やなにかを足せばなんとかなるだろう。香子のところと違《ちが》って、うちはけっこうぎりぎりなのだ。

「——ねえ」

と、香子がくいと前を示した。

「うん」

わたしたちはそろって足を速め、前を行く小柄《こがら》な一年生に追いついた。

「おはよ！　今朝は早いね」

「いっしょに行こ」

笑顔《えがお》で声をかけると、ふたりでその子をあいだにはさむ。ぎりぎりだった。前から来た若い男が直前で体の向きを変え、わたしたちのわきを通りぬけていった。

通りすぎざま、ちっと舌打ちが聞こえた気がしたが、けっしてにらみ返したりしてはいけない。よけいなトラブルのもとになる。

「あ、あの……？」

おどおどと見あげてくる一年生は、もちろん知らない顔だ。

「気をつけて。あいつ見たことある。わざとぶつかってくるの」

「そーそー。わたしもやられた。あと、かばんぶつけたりね」

わざとぶつかる。あざになるほどかばんを当てる。そういうのもある。理由なんかない。いや、あるのだろうけど。

「じゃあね。ちゃんと前見てね」

「あ、ありがとうございました！」

なんのなんの、とわたしたちは手を振《ふ》り校門に向かって歩きだした。


一日を終えた放課後、香子とたい焼きを食べに行った。香子はパンケーキを希望したけれど、わたしは餡子《あんこ》を愛している。初めはぶつぶつ言っていた香子も、一口食べてすぐに機嫌《きげん》を直した。

「あっ、これおいしい」

「でしょう」

わたしたちは皮の香《こう》ばしさと餡子の甘《あま》みを味わいながら、夏の計画について話しあった。

「サマーキャンプの申《もう》し込《こ》み、早く出さなきゃね。すぐに夏休みだし」

「わかった。――あーあ、それにしても、地獄《じごく》の勉強合宿かあ」

「ほんと。これがふつうのキャンプならねえ。でもまあ、結果的に、自分にとってマイナスにはならないし」

中高一貫校《いっかんこう》に通うわたしたちは、中三だからといって受験勉強をする必要はないのだけれど、香子は将来的には国立大、もしくは海外留学希望であるらしい。このままぼんやりと上まで進むつもりのわたしとは、心がけが違《ちが》う。

「それに、今やっとくと、いざというときに選択肢《せんたくし》が広がるじゃない？」

香子は、いつだって揺《ゆ》るぎないというか、本当にしっかりしている。香子を見ていると、「前向き」ってこういうのだろうなと思う。口先だけのじゃなく、正しい前向き。

「そうだね。じゃあまあ、とりあえずがんばりましょ」

「うん」

ちょんと指先を合わせるふたりだけの挨拶《あいさつ》をして、香子と別れた。

電車に乗り、マンションの五階にある自宅に帰る。母は戻《もど》っていないらしく、玄関《げんかん》を開けてもなかは暗かった。仕事のあと病院に顔を出しているのだろう。わたしは明かりを点《つ》けるとリビングのソファに体を投げだした。

小さいころから、こうして誰《だれ》もいない静かな家にひとりでいるのが好きだった。家も、ほっとしてくつろいでいる気がする。

と、携帯電話《けいたいでんわ》が震《ふる》えて母からメールが届いた。

〈お父さんの退院の日が決まりました。しばらく家で療養《りょうよう》することになりそうです〉

メール画面を閉じると、わたしはのろのろと身を起こした。とっくに消化したはずのたい焼きが胸《むな》もとにせりあがってくる気がする。

あと三日で、夏休みが始まる。母が帰ってきたら、早いところサマーキャンプの申込書《もうしこみしょ》にサインをしてもらおう。

＊

香子より夏芽あてのメール

〈行けなくなったってどういうこと?〉

夏芽より香子あてのメール

〈香子ありがとう〉

香子より夏芽へ
〈夏芽、大丈夫《だいじょうぶ》？〉
〈ほんとに大丈夫？〉

夏芽より香子へ
〈また連絡《れんらく》する〉
〈いってきます〉

第二章　サマーステイ

そのバス停に降り立ったのは、わたしひとりだった。

車外に出た瞬間《しゅんかん》、蟬《せみ》の大合唱が激しく鼓膜《こまく》を打つ。むせかえるような青い熱気に、わたしは一瞬立ちすくんだ。

——さてと。

リュックを背負いなおすと、強い日射《ひざ》しを避《さ》け、ガラガラとキャリーケースを引っぱって日《ひ》陰《かげ》へと移動する。迎《むか》えの車はまだみたいだ。

両側を雑木林にはさまれた細い県道に、ぽつんと立て看板があるだけの小さな停留所だ。そばに立つ古びた自動販売機《はんばいき》で飲み物を買おうとしたら、プリペイドカードが使えなかった。

それにしても、ここに来るまではけっこうな道のりだった。

少なくとも、特急電車と普通《ふつう》電車と、それから見たことのない単線の私鉄電車に乗り、着いた駅からさらにミニチュアみたいな小さなバスに乗って、ようやく、今ここだ。山道をくねくねと通ってきたせいで少し気分が悪い。小銭《こぜに》を探して飲み物を買い、取りだし口に手を入れたところで「ぎゃっ」と悲鳴をあげた。巨大《きょだい》な蟻《あり》が腕《うで》を上ってきたのを、あわてて払《はら》いのける。

それでもジュースはよく冷えていておいしかった。飲みながら香子《かこ》にメールを打ってみたけど、返事は来なかった。ちゃんと届いているのだろうか。

ペットボトルがすっかり空になっても、迎《むか》えの車はやってこなかった。それどころか、人っ子ひとり通りかからない。

だんだん不安になりだしたころ、蟬《せみ》の声にまぎれ、木々の向こうからいきなりという感じで一台の車が姿を現した。

それは、ごくありふれた白い軽自動車だった。目の前に停《と》まり、ドアが開いて女の人が降りてくる。暑い国で着るような、ひらひらした生地《きじ》のゆったりしたパンツをはいていた。と、

「――動かないで！」

その人はわたしを見るなり言った。低く抑《おさ》えた声でつづける。

「……荷物はそこに置いて、身を低くして、そーっとこっちへ来て、ゆっくりね」

「ええ？」

歳《とし》は三十前後だろうか。ウエーブした長い髪《かみ》を後ろでまとめ、きゅっと目を細めてこっちを見ている。

「あ、あの、迎《むか》えの人……？」

「そう。だから今は言うとおりにして」

言われたとおりじりじりと移動すると、女の人は車のなかからすばやく大きなスプレー缶《かん》を取りだし、「息、止めて」と言うが早いか、わたしの後ろに向かってブシューッと勢いよく噴《ふん》射《しゃ》した。

「ひやっ」

後ろでブブブブブ、と鈍《にぶ》い羽音がする。

「――スズメバチ。よく蟬《せみ》を捕《と》ってるけど、ジュースのにおいも好きなのよ」

女の人はにこっと笑った。夏の花みたいな笑顔《えがお》だった。手にした特大の殺虫剤《さっちゅうざい》には、なにかの兵器みたいなトリガーノズルが付いている。

「あなたが万木《まき》さんね？　万木、夏芽《なつめ》さん。遅《おそ》くなってごめんなさい。どうぞ乗って。荷物これだけ？」

なにごともなかったかのように、てきぱきと車の後部ドアを開ける。

「あっ、は、はい……」

しばらくお世話になるんだもの、最初はできるだけ感じよく、愛想《あいそ》よく――という自分なりのシミュレーションは、スズメバチといっしょにあっさり吹《ふ》き飛《と》ばされた。わたしはろくに口もきかないままぎくしゃくと荷物を積みこんだ。

緑に囲まれた道路を走りだす。

「遠かったでしょ、ここ、交通の便が悪くて。駅まで行ってあげられなくてごめんなさいね」

屈託《くったく》なく話しかけてくる彼女《かのじょ》の名は、小宮美鈴《こみやみすず》さんといった。わたしがこれから参加するサマープログラムのお世話係らしい。はっきりした顔立ちにあまりお化粧《けしょう》気のない人で、頬《ほお》にうっすらそばかすが浮《う》いている。見た目といい行動といい、予想していた感じとちょっと違《ちが》う。それでも、からりとした笑いかたは感じがよかった。

「あんまり田舎《いなか》でびっくりした?」

美鈴さんが車を走らせながら聞いてくる。はいともいいえとも言えず、あいまいに笑ってごまかしながら、わたしはそっと車内を見わたした。ほかに乗っている人はいない。

「……あ、あの、ほかの参加者のひ――」そのとき美鈴さんがぐいとハンドルを切った。つぎの瞬間《しゅんかん》、目の前の景色が変わった。

視界がぱあっと開けて、まぶしい光が目に飛びこんできた。山の反対側に出たらしい。眼下に広がる風景に目をみはる。

樹木のとぎれた先に、美しい緑の階段があった。――これは、棚田《たなだ》だ。やわらかなカーブを描《えが》く三日月形の小さな水田が、幾重《いくえ》にも重なって山の斜面《しゃめん》を下りていく。山裾《やますそ》にわずかに広がる平地には、田畑と家々の屋根がきちんと収まっている。そしてその先に両側を山にはさまれるようにして、小さく海が見えた。

わあっと声をあげると、美鈴さんが助手席の窓を開けてくれた。夏の風がぶわっと流れこんでくる。風の合間に美鈴さんがなにか言ったような気がしたが、わたしは目の前の景色に夢中でほとんどうわの空のまま聞いていた。


それからまもなくして、車は山の中腹にある目的地にたどりついた。

駐車場《ちゅうしゃじょう》から石段を上ったところに山門のような入り口があり、立派な額が掲《かか》げられている。その黒ずんだ木肌《きはだ》に彫《ほ》られた、かすれて白茶けた文字を目でたどる。

「――ほ、ほう……？」

「『宝山寺《ほうざんじ》』」

美鈴さんが声に出して読んでくれた。なるほど。由緒《ゆいしょ》はありそうだけど、かなり古い。

「こっちは表側。いつもは車のまま裏側から入るのよ」

門をくぐると、正面に石畳《いしだたみ》が延びていて、その先にお堂があった。こっちもそうとう古かった。境内《けいだい》にはいかにも樹齢《じゅれい》を重ねたような大きな木が立ち並び、頭上から蟬《せみ》しぐれが降りそそいでくる。その声のあいだを縫《ぬ》って、人の声がした。

「いらっしゃい。遠いところを、ようこそ」

男の人がひとり、にこにこしながらこちらへ歩いてくる。わたしは急いで頭を下げた。

「こ、こんにちは。万木夏芽です。よろしくお願いします」

ちらりと顔を見る。この人がお坊《ぼう》さんなのだろうか。

「こんにちは、穂村《ほむら》といいます。ここにいらっしゃるあいだ、いろいろお手伝いをさせていただきます。こちらこそ、どうぞよろしくお願いします」

優《やさ》しそうな人だった。歳《とし》は、——学校の担任の先生とあまり変わらなそうだから、たぶん三十代後半くらい。短く整えられた髪《かみ》に小ぶりな眼鏡をかけ、ていねいな物腰《ものごし》でとても感じがいい。ただ、ちゃんと髪の毛があるし、服もふつうだし、お坊さんぽくは見えないから、もしかしたらこの人もスタッフの人なのかもしれない。

穂村さんはわたしの荷物を持ってなかへ案内してくれた。

古いけれどよく磨《みが》きこまれた長い廊下《ろうか》を進む。歩きながら、こっちが本堂、こっちが庫裡《くり》、などと説明してくれる。庫裡というのは、お寺の人たちの居住棟《きょうじゅうとう》のことらしい。穂村さんのあとをついて歩きながら、古い木のにおいと、建物に染《し》みついたお線香《せんこう》の香《かお》りに、ああ、本当にお寺に来てしまったんだなあ——としみじみ思った。

【由緒《ゆいしょ》ある静かな山寺でシンプルライフを体験してみませんか／☆お寺でサマーステイ☆／忙《いそが》しい中高生のみなさん、心穏《こころおだ》やかに自分を見つめ直すチャンスです】


急いでかき集めてきたパンフレットのなかから、わたしが選んだ基準はただふたつ。

ひとつ、料金が安いこと。もうひとつ、家から遠いこと。

その点、ここのプログラムはダントツだった。なんと、香子と行く予定だった勉強合宿の半額以下だ。このアクセスの不便さも、いっそ好都合だった。

紙一枚きりのぺらぺらのチラシといい、やたらぼんやりとあいまいな活動内容といい、ちょっと不安な気もしたが、あのときは迷っている暇《ひま》などなかった。


「――で、ここがあなたの部屋です」

穂村さんはそう言って、真っ白な障子戸をからりと開けた。六畳《じょう》ほどの和室に、布団《ふとん》が一組ぶんきちんと畳《たた》んで置いてあった。小さな文机《ふづくえ》と、くず籠《かご》。あとは折り畳み式の木の洋服掛《か》け。それでぜんぶだった。

「荷物を置いて落ちついたら、向こうの部屋まで来てくださいね。冷たいものをさしあげましょう」

穂村さんはやわらかく微笑《ほほえ》んでから出ていった。わたしは背負っていた貴重品の入ったリュックを下ろすと、ぺたりと畳《たたみ》に座《すわ》りこんだ。ひんやりとしたい草の感触《かんしょく》が心地《ここち》よかった。しばらくぼうっとする。

それにしてもここは静かだ。あんなにやかましかった蟬《せみ》の鳴き声も、ここにはほとんど届かない。

——いや、むしろ、静かすぎる。

だって、ほかの参加者はどこだろう。申《もう》し込《こ》むときは大広間で雑魚寝《ざこね》だって覚悟《かくご》していたのに、こんな部屋をひとりで使わせてもらえるなんて。隣《となり》の部屋とはふすまで仕切られていて、その向こうから人の気配は感じられない。突然《とつぜん》むくむくと不安が頭をもたげはじめる。香子から最後に受けとったメールの文面が頭をよぎる。

〈ほんとに大丈夫《だいじょうぶ》?〉

ねえ香子。ちょっと自信がなくなってきた。

もしかして、もしかしてだけど、ひょっとしてわたし、騙《だま》され——……?

そのとき、ふと視線を感じて顔を上げた。ぎくりとする。わずかに開いたふすまの隙間《すきま》から、人の目がのぞいている。小さな子どものように見えた。ぎょっとしたつぎの瞬間《しゅんかん》、隙間は消え、ふすまはなにごともなかったみたいに白々とその表をさらしていた。

本堂の隣《となり》にある部屋で、わたしは穂村さんからスティ中の説明を受けていた。

「――と、一日の予定はだいたいこんな感じですが、これはあくまで目安です。逆に、あなたのほうでこんなことをやってみたいとか、興味のあることがあればできるかぎり対応していきたいと思っているので、遠慮《えんりょ》なくおっしゃってくださいね」

美鈴さんがお茶を運んできてくれた。茶卓《ちゃたく》に載《の》せられたガラスの器《うつわ》に、水滴《すいてき》がついて涼《すず》しげだ。そのまま穂村さんの隣に腰《こし》を下ろす。穂村さんは説明を終えると、にっこりして「なにか質問はありますか？」と尋《たず》ねてきた。

「――はあ、あのう、えっと、……ほ、ほかの参加者は……？」

この部屋はふだん檀家《だんか》さんの応対に使っているらしく、十畳《じょう》ほどの部屋に、座卓とお客用の座布団《ざぶとん》がたくさん置いてある。けれど、部屋にいるのはあいかわらず、穂村さんと美鈴さんとわたしだけだった。ふたりは急に居心地《いごこち》悪《わる》そうな表情になった。

「えー、……それがその、じつは……」

美鈴さんが、思いきったように顔を上げる。

「あなただけなの」

「……えっ？」

「参加者は、あなたひとり。ほかに希望者はなかったの。あなたが、最初で最後」

「ええっ？」

さっき車でなにか言ってたみたいだったのは、もしかしてそれ？

「あっ、でも、そのかわりきめ細かくお世話させていただきますから、ねっ、美鈴さん。勉強のほうも、ぼくたちでよければお教えできますし。いちおうどちらも、中学校の教員免許《めんきょ》を持ってるんですよ。ちなみにぼくは国語で」

「わたしは理科。でも持ってるだけね。教えたことはないけど」

「あ、それはぼくも……」

ふたり恥《は》ずかしそうに下を向く。こうして並んでいるところは、なんだか職場の先輩《せんぱい》と後輩みたいだ。お寺とか、お坊《ぼう》さんとか、このふたりからはそういう要素がなにひとつ感じられない。思いきって尋《たず》ねてみた。

「あの。失礼ですけど、おふたりはどういう……？　本当に、このお寺の人――なんですよね？」

「も、もちろん！」

穂村さんはぴんと背を伸《の》ばし、きちんと座《すわ》りなおした。

「不安にさせてしまって申し訳ありません。ぼくたちは正真正銘《しょうしんしょうめい》、このお寺の者です。あとで集落の人に聞いてもらえればわかります。けっして怪《あや》しい者でも、よからぬことをたくらんでいる者でもなく、純粋《じゅんすい》に当寺に若いみなさんをお迎《むか》えしたいと思って、それでこのプログラムを企画《きかく》したのです」

美鈴さんが隣《となり》でうんうんとうなずいている。

「お寺というと若い人たちには敬遠されがちですが、でも十代という悩《なや》みの多い今だからこそ、さまざまな刺激《しげき》から離《はな》れて、こんな穏《おだ》やかな環境《かんきょう》で規則正しい生活を送ってもらうのもよいのではないかと思ったのです」

そこまで言い終えると、穂村さんの肩《かた》からふっと力が抜《ぬ》けた。

「……ということで、チラシ作りやらなにやらがんばってみたのですが」

「申込者《もうしこみしゃ》がわたしひとりだった……？」

「はい。しかもぼくたちがもうあきらめかけたころ、締《し》めきりぎりぎりに飛びこんでらして」

どうりですぐに受けいれてくれたわけだ。

「――どうする？　やっぱり、帰りたい？」

美鈴さんがそっと気づかうように尋《たず》ねてきた。もしどうしてもやめたいんだったら、お金を返して、大きな駅まで送っていってあげる、と言う。

わたしは返事に困って、目の前に置かれた麦茶を手に取った。ほとんど氷が溶《と》けたのをごくりと飲む。――あ。

「おいしい……」

麦茶ってこんなにいい香《かお》りだったっけ。いつも家で飲んでいる水出しの麦茶パックとは大違《おおちが》いだ。美鈴さんがぱっと笑顔《えがお》を見せた。

「それね、炒《い》った麦から沸《わ》かしてあるの。檀家《だんか》さんがここまで山を上っていらっしゃるでしょう。だから、せめてものおもてなしに用意してあるのよ。もうずっと、何十年もね」

わたしはきれいに飲みほしてから器《うつわ》を置き、ふたりに向きあった。どちらも穏《おだ》やかな顔をしている。

人当たりがいいからといって、いい人とは限らない。

これは、わたしがこれまでの人生で得た貴重な教訓だ。けれど、これは本当に直感だけど――はいと言っても、いいえと言っても、この人たちはごく自然に受けいれてくれるような気がした。もう一度思いを巡《めぐ》らせ、心を決める。いずれにしても、わたしに選択肢《せんたくし》などないのだ。

「――あの。どうぞ、よろしくお願いします」

居住まいを正して一礼すると、美鈴さんと穂村さんは、とても嬉《うれ》しそうに笑った。

改めて詳《くわ》しく聞いてみると、美鈴さんはこのお寺が母方の実家なのだと言い、一方の穂村さんは、やはりこのお寺に遠い縁《えん》があるのだと言う。

「ぼくの場合、遠縁というのもおこがましいくらいのつながりなんですが……」

「あらでも、今のところ、ここの後継者見習《こうけいしゃ》いでしょ」

「――いっ、いやいや、そんな滅相《めっそう》もない。ぼくはただ、縁あってここで修行《しゅぎょう》させてもらってるだけで、僧職《そうしょく》だってまだまだ勉強中で、そもそも、それだってなれるかどうかも……」

今は住《す》み込《こ》みで掃除《そうじ》だの事務仕事だの、お寺のさまざまな雑用をこなしているのだという。

「じゃあ、ここの持ち主というか、……和尚《おしょう》さんは？」

お寺に来たというのに、まだお坊《ぼう》さんらしいお坊さんをひとりも見ていない。穂村さんが微《ほほ》笑《え》んだ。

「ああ、住職のことですね。当寺の住職は――」

そのとき、表で男の人の声がした。

「――美鈴ちゃーん、おるかあ？」

とうきび持ってきたぞう、と、がらがら声が叫《さけ》んでいる。

「あら、平治《へいじ》さん」

いつもすみませーん、と美鈴さんが身軽く立ちあがって部屋を出ていく。

「ご近所の檀家《だんか》さんです。みなさん、よくこうやって野菜やなにかを持ってきてくださるんですよ」

わたしに説明してから、穂村さんも表へ顔を出す。

「やあ、これは立派なトウモロコシですねえ」

わたしものぞいてみると、庫裡《くり》と本堂をつなぐ渡《わた》り廊下《ろうか》のところに、胡麻塩頭《ごましおあたま》のおじいさんが段ボール箱を抱《かか》えて立っていた。小柄《こがら》だけど、日に焼けて頑丈《がんじょう》そうだ。と、おじいさんはのぞいているわたしに気がついた。

「おやあ、その嬢《じょう》さんは――？」と言ったあと、少なくなった歯を見せてぱあっと笑う。

「ああ、そうかあれか。あの、ス、ステ……ショートステイか！　来てくれる人おったんか。そうかそうか、よう来たなあ、こんな山奥《やまおく》のぼ……古寺に」

よく来たよく来た、とくり返すのを美鈴さんも穂村さんもにこにこと聞いている。とりあえず、このふたりはちゃんとここのお寺の人らしいというのがわかって一安心だ。

「いつもありがとうございます、これ、さっそくお供えしますね。住職もきっと喜びます。今日は公民館の寄りあいに行ってるから、夕方には戻《もど》ると思うんですけど」

「おう、タケちゃんか？　タケちゃんなら、下の町のカラオケ屋におったぞ」

平治さんの言葉に、美鈴さんの表情がにわかに険しくなった。

「……へえ、カラオケ。そうですか……」

穂村さんがあわてててとりなす。

「まっ、まあ、夕べのお勤めには戻《もど》られるでしょう」

わたしはそーっと頭を引っこめた。なんだかちょっと怪《あや》しい雲行きだ。

そのとき、視線を感じた気がしてふと顔を上げると、本堂の向《む》こう端《はし》をなにかがちらりとかすめたように思えた。あれは——髪《かみ》の毛？ ふいにさっき見た子を思いだす。

「あの、みす——」

わたしが呼びかけようとしたとき、

「じゃあな、嬢《じょう》さん、また、うまいの、持ってきてやるからなあ」

平治さんはガラガラ声でそう言って帰っていった。


「え？ 子ども？」

美鈴さんが驚《おどろ》いたような声をあげる。

「ここには小さな子どもなんかいないけど……」

美鈴さんとわたしは、庫裡《くり》の広い台所でさっきもらったトウモロコシの皮をむいていた。ここに置いてある道具は、ボウルもざるもみな大きい。コンロの上では大鍋《おおなべ》にお湯が沸《わ》いていていて、美鈴さんはむき終わったトウモロコシをそのなかへぼんぼん放りこんでいく。

「あれ、夏芽ちゃんて、もしかしてそっちの……見える系？」

とんでもない。わたしはぶんぶんと首を振《ふ》った。

「変ねえ……。どこかのお家《うち》に親戚《しんせき》の子でも遊びに来てるのかしら。それともやっぱり——」

そう言ってわたしの顔をじっと見るので、ぞくっときた。美鈴さんはぷっと笑う。

「嘘《うそ》、大丈夫《だいじょうぶ》よ。それに、ここでほんとに怖《こわ》いのは」そこできっ、と菜箸《さいばし》を握《にぎ》りしめる。

「ムカデと、猪《いのしし》と、スズメバチよ」

よし、そろそろかな、と言って美鈴さんは鍋《なべ》のなかみをざるに空ける。もうもうと上がる湯気のなかに、鮮《あざ》やかに茹《ゆ》であがったトウモロコシが黄金色《こがねいろ》につやつやと光っていた。

「——うわ、甘《あま》い！」

茹でたてを食べさせてもらったら、ものすごく甘い。実の粒《つぶ》もさくさくしてやわらかくて、これまで食べたどのトウモロコシよりおいしかった。さっきの麦茶は大きなジャーから自由にくんで飲んでいいことになっているので、わたしは存分に飲んで食べた。美鈴さんもあとから台所にやってきた穂村さんも、にこにことそれを見ていた。

そのあと、夕食までゆっくり休んでいてよいと言われて、自分の部屋に戻《もど》った。——のだけれど。

ひとりでいるのが怖《こわ》い、と言ったら笑われてしまうだろうか。

視線は自然と、隣室《りんしつ》との境のふすまに吸いよせられる。さっきはここが開いて、たしかに子どもの顔がのぞいたのだ。

思いきってからりと開けてみると、この部屋と同じような和室があるだけだった。家具もなにもなくひたすらがらんとしている。

わたしはほっと息をついて再びふすまを閉めた。トイレに行こうと廊下《ろうか》に出たところで、知らない誰《だれ》かと正面からはちあわせした。

「——ぎゃあああああああっ」

悲鳴を聞いて穂村さんと美鈴さんがばたばたと廊下を走ってきた。

「夏芽ちゃんっ」

「どうしたのっ?」

廊下にへたり込《こ》んだわたしを、変な格好のおじいさんが見おろしていた。つるつるの頭に、首から大きな麦《むぎ》わら帽子《ぼうし》をぶら下げ、どこかの民族衣装《みんぞくいしょう》のようなひらひらしたズボンをはいている。

「——おじいちゃん……」

「あっ、住職、お帰りなさい」

変な格好のおじいさんは、わたしと美鈴さんたちを交互《こうご》に見つめたあと、

「――あっ」と言って、かくんとそのあごを下げた。

「あーの、申《もう》し込《こ》んできた嬢《じょう》さんか」わたしを指して嬉《うれ》しそうな顔をする。

「あれだろ美鈴？　おまえさんたちの企画《きかく》した、ほら、あのう……デイケアじゃなくて、あれだ、ショートステ――」

「どっちも違《ちが》います」美鈴さんがさえぎる。

サマーステイです、と、きっぱりと訂正《ていせい》した。


このあと、住職は穂村さんとふたり、本堂で「夕べのお勤め」をおこなった。

広い本堂は内陣《ないじん》と外陣《げじん》に分けられ、内陣には本尊やさまざまな仏具が納められている。天井《てんじょう》や欄間《らんま》には凝《こ》った飾《かざ》りや彫刻《ちょうこく》があったけれど、やはりどれも古びて色あせていた。わたしは外陣と呼ばれる側に席を取り、きちんと正座して正面を向いた。線香《せんこう》の煙《けむり》が漂《ただよ》うなか、鈴《りん》の音がしてゆっくりと読経《どきょう》が始まった。

お盆《ぼん》でもお葬式《そうしき》でもないのにお経を聞くのは変な感じだった。それにわたしが後ろで見学していたかぎり、美鈴さんのお祖父《じい》さんこと住職は、自分は座《すわ》っているだけで、お経をあげるのはずっと穂村さんに任せっぱなしだった。

「カラオケの歌いすぎなのよ」と美鈴さんはあとからぷんぷんしていたけれど、お経《きょう》の合間合間に絶妙《ぜつみょう》なタイミングで後ろをふり返ってみせるので、わたしはそのあいだ笑いを堪《こら》えるのに苦労した。

夕食のときも住職と美鈴さんは、さっきのひらひらしたズボンのことでやりあっていた。

「だからわたしのを着ないでって」

「干してあったぞ」

「自分のがあったでしょう」

「生地《きじ》がさらさらしとる。快適だな、これは」

ちっとも話がかみ合っていない。我慢《がまん》できなくてつい笑ってしまった。美鈴さんは顔を赤くして、「ごめんね、みっともなくて」とすまながり、穂村さんは「いつもだいたいこんな感じなんです」とにこにこしていた。

よかった。少なくとも、堅苦《かたくる》しい場所ではないみたいだ。お行儀《ぎょうぎ》が悪いなどと言って、あの棒のようなものでバシバシやられたりしたらどうしようかと思っていた。わたしがそう言うと「このお寺ではそういうのはやりません」と穂村さんが笑っていた。食卓《しょくたく》にもごくふつうに肉や魚が並んでいて、お坊《ぼう》さんである住職も揚《あ》げたての唐揚《からあ》げをもりもり頬《ほお》ばっていた。

そのあと、美鈴さんと穂村さんと三人でにぎやかに片づけを終え、先にお風呂《ふろ》に入らせてもらって、すっかりくつろいでみんなのいる茶の間に戻《もど》った。

と、美鈴さんが笑顔《えがお》で誰《だれ》かと電話で話していた。

「――はい、はいそれはもう。……いえそんな、ごもっともです、はい。たしかにお引き受けいたしましたので、どうぞご安心くださいませ、はい……」

どきりとして立ちどまる。

「あっ、今、戻ってきたので、替《か》わりますね」

美鈴さんがわたしに気づいて受話器を渡《わた》してきた。お家《うち》からよ、とささやく。

「――はい」

〈なんで携帯《けいたい》に出ない〉

父だった。聞いた瞬間《しゅんかん》、心臓がどきりと音をたてた。

「……リュックに入れたままだったから」

〈着いたらすぐに連絡《れんらく》しないか。ほんとにいいかげんだな、おまえは〉

「……ごめんなさい」

父はそれだけ告げると、すぐに母と電話を替わった。わたしはあれこれと心配してくる母としばらく話して、ようやく受話器を置いた。

「電話、ありがとうございました」笑顔でふり返る。

「わたし、部屋で髪《かみ》を乾《かわ》かしてきますね」

茶の間をあとにして、長い廊下《ろうか》を進む。

ずしりと鉛《なまり》を呑《の》んだような気持ちだった。胃がぎゅうっとねじれる気がする。

少し部屋で横になろう、と思って障子を開けると、さっきわたしが敷《し》いておいた布団《ふとん》の上に、小さな男の子が丸くなってすやすやと眠《ねむ》っていた。

第三章　新顔

ごくごくごく、とその子は冷たい麦茶をひと息に飲みほした。

はあーっ、と息をつく。伸《の》びぎみの前髪《まえがみ》が汗《あせ》でおでこに貼《は》りついている。

よかった、どうやらちゃんと生きた男の子みたいだ。

明るい茶の間のまんなかで、男の子は大人たちに囲まれて、やや緊張《きんちょう》ぎみに座布団《ざぶとん》の上に座《すわ》っている。ぐっすり眠《ねむ》りこんでいたのを、美鈴《みすず》さんたちにそっとゆり起こされてここまで連れてこられたところだ。

「お腹《なか》はすいてないかい？　おにぎりでも、持ってきてあげようか？」

穂村《ほむら》さんに聞かれると、その子はふるふると首を振《ふ》った。よく見ると口の端《はし》に黄色いトウモロコシのかけらがくっついている。美鈴さんが話しかけた。

「ひとりで来たの？」

男の子はまた首を振る。三歳《さい》、それとも四歳くらいだろうか。

「……くらかった？」唐突《とうとつ》に彼《かれ》はそう聞いてきた。

「えっ？」

「くらかった？」もう一度くり返す。

首をかしげた穂村さんと美鈴さんがかわるがわる話を聞きだしたところによると、どうやら彼は、「自分が起きたとき、外は暗かったか」と質問しているらしかった。

「え？　ええ、外はもう暗かったけど……」

男の子の顔が一瞬《いっしゅん》、ぱっと輝《かがや》いた。

「おれ、かった！」

そのとき、住職がおっとりと口を開いた。

「──坊《ぼう》は、なんて名前だね？　まずは名のりなさい。名前は大事だぞう」

男の子は上目づかいでじっと住職を見た。つるつるの頭に、半ズボンと「ＳＴＡＲ　ＷＡＲＳ」のＴシャツ。この怪《あや》しいお年寄りに、名のろうかどうしようか考えているみたいだった。

「……はらだらいた」

「なに？」

きゅっと顔を上げ、さっきより大きな声で言う。

「はーらーだ、らーいーた！」

彼《かれ》のズボンのポケットに、小さく折りたたまれたサマーキャンプのチラシとともに、一枚の名刺《めいし》が入っていた。

〈宝山寺《ほうざんじ》住職　菅原《すがわら》丈真《じょうしん》〉

裏には走り書きのような文字でこう書いてあった。

〈しばらくのあいだお願いします。雷太《らいた》といいます。五歳《さい》です。迎《むか》えに来ます〉

「原田《はらだ》深雪《みゆき》……？」

美鈴さんにじろりとにらまれて、住職は宙をにらんでじっと考えこんだ。

「――あっ。そういえばちょっと前、隣町《となりまち》のどとーるで、シングルなマザーに人生相談というか、ありがたーい法話をして聞かせたような……」

「へえ。おじいさま、ちょいちょいそんなことをやってらっしゃるんですか？　町場で法話を？　ここでもやらないのに？」

「うん、まあカジュアルに」

穂村さんが痺《しび》れを切らして割りこんだ。

「ええと、雷太くん、じゃあきみはお母さんといっしょに来たのかい？」

するとその子――雷太は、「かいだんのところまできた」と言った。山門の下の石段のことだろう。

「かくれんぼして、かつの。みつかっちゃ、だめだって。くらくなるまで」

彼《かれ》の言葉を要約すると、雷太の母親は、暗くなるまで隠《かく》れていて、見つからなかったら勝ちだ、と話し聞かせていたらしい。

「かったら、とめてもらえる。やまのホテルに」

穂村さんと美鈴さんはなんとも言えない表情で顔を見あわせた。

住職がパンと膝《ひざ》を叩《たた》いた。

「――よし、わかった。それじゃあ山のホテルに泊《と》めてあげよう」

「おじいちゃん！」

「……いいんですか？　住職。まずは警察に――」

男の子を気づかって最後はそっと声をひそめる。

「うん。いい」

じゃあ、タケじいといっしょに寝《ね》るか？　そうだ、その前に風呂《ふろ》行くか？　と言って住職は雷太の手を引いて奥《おく》の間に入っていった。美鈴さんは申し訳なさそうにわたしを見た。

「ごめんなさいね、なんだかおかしなことになっちゃって。せっかく、あなたが来てくれた初日だっていうのに」

「いえ、そんな」

わたしもどう返事していいかわからなかった。今日は、あんまりいろいろありすぎて、これ以上は頭が働きそうにない。新しいシーツを出してもらったので、わたしはもう一度布団《ふとん》を整えると、横になるが早いかすぐに寝入《ねい》ってしまった。

途中《とちゅう》たくさん夢を見た気がするけれど、朝まで目は覚めなかった。


お寺の朝は、早い。

顔を洗って身支度《みじたく》をして、竹ぼうきを手に表へ出るころには、夏の空はすっかり明るくなっていた。

境内《けいだい》には、梅や桜や楓《かえで》や、たくさんの木が植わっていた。百日紅《さるすべり》が濃《こ》いピンクの花を咲《さ》かせている。爽《さわ》やかな朝の空気のなか、シャカシャカと軽《かろ》やかな音をたててほうきを動かしていると、ひたすら無心になれる――ような気がする。

ここでの基本的な一日のスケジュールは、だいたいこんな感じだ。

5：00　起床《きしょう》
5：30　境内の掃除《そうじ》
6：45　朝のお勤め

7：30　朝食
9：00　午前の活動
12：00　昼食
13：00　午後の活動
17：30　夕べのお勤め
18：30　夕食
20：00　入浴・自由時間
22：00　就寝《しゅうしん》

サマーキャンプとかホームステイとかいうより、規則正しい寮生活《りょうせいかつ》といった感じだ。期間中、いくつかイベントも用意されているらしいけど、参加者がわたしひとりなのでどんな感じになるのか、ちょっと不安だ。

朝のお勤めの時間になっても住職が起きてこなかったので、また穂村さんがひとりで執《と》りおこなっていた。

朝食の時間になって、住職は昨夜《ゆうべ》の男の子とふたり、ようやくのそのそと姿を現した。

「おはよう、よく眠《ねむ》れたかい？」

穂村さんが声をかけると、雷太は目をしょぼしょぼさせ、ぷわあとあくびをした。

「なかなか寝《ね》ないもんでお話をしてやったんだが、そしたらますます寝なくなって……」

「……はなし、つまんなかった」

美鈴さんはぷっと笑って、雷太にごはんをよそってやった。この日の朝ごはんは、ナスと玉ねぎのお味噌汁《みそしる》と、玉子焼きと、キュウリとみょうがの浅漬《あさづ》けと、雑穀入りのごはんだった。つつましいけど、ひと働きしたあとだったのでどれもおいしく食べた。

起きてきてから食べ終わるまで、雷太は一度も「おかあさん」と言わなかった。

「――預けられ慣れてるんじゃないかしら、いろんなところに」

食後に美鈴さんとお皿を片づけているとき、そんなことを言っていた。

「昨夜《ゆうべ》少し話を聞いたんだけど、親戚《しんせき》の家とか、それ以外にも、あちこち行ってたみたい」

本堂の軒先《のきさき》に数組の着替《きが》えが紙袋《かみぶくろ》に詰《つ》められて置いてあったそうだ。

「住職がしばらくこのままでいいって言うから、そのつもりだけど――」

思いがけず、若いメンバーが増えちゃったわね。美鈴さんは、そう言って笑った。

午前中は写経《しゃきょう》をやった。

本堂に小さな文机《ふづくえ》を置いて座《すわ》る。内陣《ないじん》の奥《おく》には静かなお顔のご本尊がすべてを見通しているようにたたずんでいる。

わたしは貸してもらった経本《きょうほん》に和紙を載《の》せて、透《す》けた文字をていねいに筆ペンでなぞった。本当は墨《すみ》をすって書くのだろうけど、それはさすがにハードルが高い。最初は塗《ぬ》り絵《え》の延長みたいでちょっと楽しかったが、正座した脚《あし》は痛いし、漢字は難しいし、三十分もやらないうちにすっかり飽《あ》きてしまった。ひとりなのをいいことに脚を崩《くず》して前に投げだす。

外からはヴォーンと草刈《くさか》り機《き》の音が聞こえてくる。穂村さんが庫裡《くり》の周りの草を刈っているのだ。この季節、広い境内《けいだい》はあっというまに草ぼうぼうになってしまうらしい。住職はどこかへ行ってしまっているし、実質わたしはひとりで放っておかれている。気楽ではあったけれど、これでいいのか、という気もした。

「夏芽《なつめ》ちゃん」

ふいに呼ばれ、あわてて伸《の》ばした脚を引っこめる。ふり返ると、美鈴さんが長い髪《かみ》をまとめてきちんとスカートをはいて立っていた。後ろに隠《かく》れるように雷太もくっついている。

「これからご近所の檀家《だんか》さんに配布物を持っていくんだけど、よかったらドライブがてら、いっしょに行かない?」

「行きます!」

立ちあがろうとしたとたん、脚《あし》が痺《しび》れてしりもちをついた。雷太が目を丸くしてそれを見ていた。

美鈴さんの車に乗せてもらって集落を走る。

窓の外には、テレビで見るような田舎《いなか》の田園風景が広がっていた。わあっ、と声をあげそうになったけど我慢《がまん》する。あんまりはしゃぐのも失礼な気がした。

それでも、窓から見える景色は目に快かった。わたしたちのいる「宝山寺」は、山の中腹のやや下より、登山でいったら三合目付近にある。ここより上には、家や田畑はほとんどない。棚田《たなだ》の緑が目に染《し》みるようだった。風にまでその色が染みこんでいる気がする。合間には畑もあり、手入れされた野菜が生き生きと繁《しげ》っている。途中《とちゅう》きれいな川もあって、いかにも水が冷たそうでちょっと入ってみたくなった。

「まあまあ、暑いなかをありがとうさんです」

玄関《げんかん》に出てくるのはたいていお年寄りで、訪ねた家では、決まって上がっていくよう勧《すす》められた。仏間に通されると、美鈴さんにつづいてわたしも習ったとおりの作法でお参りさせてもらう。雷太は人見知りするのか、どこの家でももじもじしながら座《すわ》っていた。

最後に行ったのは大きな納屋《なや》のある農家で、そこはあのトウモロコシを持ってきてくれた平《へい》治《じ》さんの家だった。家の横に立派な畑が広がっている。

「やあ、嬢《じょう》さん」

平治さんがわたしを見て親しげに笑いかけ、それからおやあ、と後ろをのぞきこんできた。

「――ありゃりゃ、ひとり増えとる。こんなちっこいのに、坊《ぼう》もショートステイに来たんか？」

雷太はちょっと尻込《しりご》みしながら、「ホテル」とだけ答えた。

ここでもまたお茶をごちそうになった。あちこちでもてなされて、すでにお腹《なか》はいっぱいだったけど、平治さんの奥《おく》さんが出してくれた熱いお茶とお漬物《つけもの》という組み合わせは、冷たいお茶ばかりいただいたあとではありがたかった。

「へえー。嬢さんは、中学から、私立の女子校かね。そりゃ立派な」

「坊は五歳《さい》か、そうかそうか。スイカ食べなさい」

ふと思ったのだけど、もしかしたらこのドライブは、この集落の人たちへの顔見せの意味もあったのかもしれない。地域のお寺ならではの気づかいなのだろう。

美鈴さんと奥《おく》さんの清子《きよこ》さんは、あれこれ世間話を交《か》わしている。

「まあまあ、それじゃあの眼鏡の若坊さんは、朝からずっと草刈《くさか》りされとるんですか」

「ええ。お盆《ぼん》の前にきれいにしたいって始めたんですけど、刈っても刈ってもきりがなくって。おじ……住職はあんなで当てにならないし、わたしも手伝うんだけど、なかなか。機械も古いし、いいかげん新しいのを買わないとだめかしら」

ふーん、とそれを聞いていた平治さんがあごに手をやった。少し考え、よし、と膝《ひざ》を打つ。

「ちょっと待ってな。明日、いいもん持ってきてやっから」

「草刈《くさか》り機《き》ですか？」

平治さんはむふっと笑った。

「おう。――最新式だよ」


その夜、香子《かこ》から携帯《けいたい》に電話がかかってきた。

〈なつめー、げんきー？〉

「香子ぉー」

懐《なつ》かしい香子の声だ。ものすごく久しぶりな気がした。縁側《えんがわ》から外履《そとば》きを履いて庭に出る。

〈どうどう？　そこ、どんなとこ？〉

「なんか、山のなか。すっごい田舎《いなか》。虫もすっごく多い。でもきれいだよ。でねでね、参加者わたしひとりなの！　信じらんないでしょ」

話したいことがありすぎて気が焦《あせ》る。けれど香子は、あまり時間がないのだと言った。

〈メールがぜんぜん届かないからかけてみたんだよ。明日からわたしも合宿。携帯はそのあい

だ没収《ぼっしゅう》されちゃうから、しばらく連絡《れんらく》できないんだ〉
そうなのか。
〈夏芽〉
香子がほんの少し声の調子を変えた。
〈――ほんとに、いろいろ、大丈夫《だいじょうぶ》?〉
わたしは一瞬《いっしゅん》、返事をためらった。
「――うん。大丈夫。終わったら、会ってたくさん話そうね」
〈そっか。わかった。――じゃあ〉
おやすみ、と言ってわたしたちは通話を終えた。
月がきれいだった。
見あげながら、自分はずいぶん遠くに来てしまったのだな、と思った。

第四章　助《すけ》っ人《と》

つぎの朝、わたしがほうきで外を掃《は》いていると、雷太《らいた》が、庫裡《くり》の縁側《えんがわ》からわたしのすることをじっと見ていた。

「おはよう。今日は早起きだね」

声をかけても、返事はない。

雷太は、ふしぎな子だった。小さな子のことはあまりわからないけれど、五つという歳《とし》の男の子にしてはずいぶんおとなしいような気がする。このくらいの子って、もっとちょこまか動きまわったり、ぎゃはぎゃは笑ったりしてるものだと思っていた。

と、雷太が地面を指さした。

「それ、なに?」

口をきいた。

雷太の指しているのは、ヤマモモの実だった。熟《う》れたものが地面に落ちてはつぶれるので、毎日せっせと掃《は》きとらなければならない。家の近くの公園にもあったけれど、ここの木はそれよりもずっと大きい。今年は実がなるのが遅《おそ》かったらしく、この時期にまでまだ少し残っている。「昔は果実酒にしたりもしたけど、今は誰《だれ》も食べないの」と美鈴《みすず》さんが言っていた。

「ヤマモモ。食べたことある?」

おいでよ、と呼ぶと、雷太はくるりと背を向けタタタと駆《か》けていった。

逃《に》げちゃった、と思ったら、裏手から靴《くつ》をつっかけてまっすぐに走ってきた。その真剣《しんけん》なようすにちょっとあわてた。ほんの社交辞令のつもりだったのだ。とくに子ども好きなわけじゃないのに、どうしよう。

雷太が地面に落ちた実を拾おうとするので、枝に残っているのを採ってやった。指先に少し力を入れると、手のひらにころんとやわらかい実が転がりこんでくる。水で洗って、「ほら」と手のひらに載《の》せてやった。細かいビーズを集めたような実の、きれいな紅色のと、濃《こ》い赤褐《せっかっ》色《しょく》の。食べ比べると、黒っぽいほうが甘《あま》かった。色のきれいなほうは——、

「すっぱあ……」

わたしが顔をしかめて舌を出すと、雷太は、うひゃっ、と笑った。この子が笑うのを見たのは、これが初めてかもしれない。自分も口に入れて、「——すっぱあ」と舌を出し、それからくくっとおかしそうに笑った。

「とまりにきたの？　やまのホテル」

こちらを見て、恥《は》ずかしそうにそう尋《たず》ねる。

――ここはお寺で、わたしが来たのはサマーステイだよ。

わたしは少し悩《なや》んで、「そうだよ」と答えておいた。

それがきっかけになったのだろうか。

雷太はわたしになじんだというか、懐《なつ》いたというか、朝食のときも当然のようにわたしの横にちょこんと座《すわ》ってきた。

「やっぱり子どもどうし、仲よくなるのが早いねえ」と穂村《ほむら》さんがにこにこと言い、「それちょっと違《ちが》うんじゃない」と美鈴さんがごはんをよそいながら口をはさんでいた。

「――やれやれ、年寄りと子どもは早起きでかなわん」

向かいの席では住職が、味噌汁《みそしる》をすすりながらぼやいている。さすがに今日はちゃんと朝のお勤めに参加したのだが、お経《きょう》をあげたのはやっぱり穂村さんだけで、住職――もう、「タケじい」でいいだろう――は悪びれず、「弟子《でし》を伸《の》ばしているのだ」とうそぶいていた。

朝食のあと、雷太にぐいぐい庭に引っぱっていかれた。もう一度ヤマモモを採る気らしい。

なんだかすっかり遊び相手として認定《にんてい》されてしまったみたいだ。

「自分で採ってごらんよ」

木のそばにある大きな庭石の上に立たせてやると、雷太はびっくりしたようにあたりを見まわした。自分のほうが背が高くなったのを見てものすごく嬉《うれ》しそうな顔をする。一生懸命《いっしょうけんめい》手を伸《の》ばしていくつか摘《つ》みとると、ひどく真剣《しんけん》な顔でわたしにひと粒《つぶ》さし出してきた。

「あ、ありがと……」

雷太はこくっとうなずく。ふたりで口に入れようとしたとき、

「――べヘヘヘエエ――」

いきなり、後ろで変な声がした。雷太がびくりと身を震《ふる》わせる。

ふり返ると、庫裡《くり》の裏手から、男の人に引かれてなにか白い生き物がやってくるのが見えた。赤い首輪に、リードをつけている。

犬？　――じゃない。だって顔が三角にとがっているし、耳はぴんと横に突《つ》きだしている。

「メヘヘエエー」

それにこの鳴き声。どう見てもあれは――。

「――ヤ、ヤギ……？」

雷太はぽかっと口を開け、手からヤマモモが落ちたのにも気づかないでいる。ヤギを連れた男の人は、庫裡の勝手口に向かって呼びかけた。

「こんにちはー、遠野《とおの》の家の者ですけどー」

なかから美鈴さんが顔を出した。

「……遠野って、えっ、じゃああなた、平治《へいじ》さんのところの――？」

「あ、はい。孫です。こっちは、ヤギの後藤《ごとう》さん」

傍《かたわ》らの真っ白いヤギの背中をぽんぽんと叩《たた》く。カーキ色の作業ズボンみたいなのに、膝下《ひざした》まであるゴム長。大人の男の人と思ったけど、その声も日に焼けた顔も、近くで見るとかなり若い。と、そこへタケじいも顔を出した。

「おやあ、あんたは平さんとこの……、ええっと」

「葉介《ようすけ》です。ご無沙汰《ぶさた》してます」

「……そうだ、ヨウスケ！　思いだした、あのまんなかの息子《むすこ》の子だな。覚えとる覚えとる。夏休みに遊びに来ては、いっつもポケットに蟬《せみ》の抜《ぬ》け殻《がら》入れとった――おまえさん、あれときどき、食べとっただろ？」

「たっ、食べてませんて。やめてくださいよ」

平治さんの孫息子は焦《あせ》って顔を赤くした。

「それにしても大きくなったなあ、いくつになった？　十五か、十六か」

「――十六です。今、高一」

ちらりとわたしのほうを見て、すぐ目をそらす。

「じゃあ、あの、さっそく始めさせてもらっていいですか」

肩《かた》にかけたキャンバス地の袋《ふくろ》から、ヤギをつなぐ金具とそれを打つ槌《つち》を取りだし、手際《てぎわ》よく地面に打ちこみはじめた。

「ヤギはひとまず、ここにつなぎます。あと、これから全体のようすを見て、どの区画から始めるか計画を立てていきますから」

てきぱきと言ってズボンのポケットからスマートフォンを取りだすと、境内《けいだい》をあちこち回って写真を撮《と》りはじめた。庫裡《くり》の軒先《のきさき》では連れてこられたヤギが、おとなしく地面の草を食《は》んでいる。

「……最新式の草刈《くさか》り機《き》？　これが……？」

成りゆきを見守っていた美鈴さんが、そこでぷーっと吹《ふ》きだした。

「平治さん、サイコー」

穂村さんが、やれやれ助かった、という表情で重い草刈り機を地面に下ろした。

葉介と、ヤギの後藤さんのコンビは、なかなか優秀《ゆうしゅう》な仕事ぶりを見せた。

飼い主の葉介は全体を見てまわったあと、場所の優先順位を決めてから、杭《くい》を打つ位置を決めた。ときどき日陰《ひかげ》に入って休めるよう、立ち木の場所も計算に入れる。太陽が移動するにつれて、つなぐ場所も変えるのだと言っていた。

ヤギの後藤さんは、硬《かた》い草も黙々《もくもく》と食べるベテランの雌《めす》ヤギだそうで、賢《かしこ》い彼女《かのじょ》は食べてはいけない草などはきちんと自分で見分けるのだという。美鈴さんも穂村さんも、その説明を感心して聞いていた。

そして誰《だれ》よりこれに夢中になったのが、雷太だ。

騒《さわ》いだりはしゃいだりするわけではないけれど、目の輝《かがや》きを見れば、どれだけ気を引かれているかわかる。いっしょに行こうとわたしの手をぐいぐい引っぱるので、自分の用事が果たせずに困った。

「好きにしてきていいよ。ここにいるあいだ、なにをするかはきみの自由だ。べつにこのサマーステイは布教のための企画《きかく》じゃないしね」

午前中は昨日写したお経《きょう》について説明を受ける予定だったのだけど、穂村さんは笑って行かせてくれた。

わたしと雷太は午前中ずっとヤギを見物していた。境内《けいだい》の丈高《たけたか》く草の繁《しげ》った斜面《しゃめん》を、後藤さんは確かな足どりで上ってはむしゃむしゃと草を食べている。

「――おもしろいか?」

ふいに後ろから声をかけられた。ふり向くと、葉介が筒状《つつじょう》の長い物を肩《かた》に載《の》せて立っていた。

「それ、なに」

と雷太が指さす。知らない人に自分から口をきいている。葉介は「見に来るか？」と言うと、先に立って歩きだした。雷太はタタッと駆《か》けより、わたしを待つようにふり返った。葉介も立ちどまる。

「あー……、キミも、来る？」

キミ、という言葉が彼《かれ》にそぐわない気がして、そしたらそれが顔に出てしまったらしい。葉介はちょっと顔を赤らめ、ぶっきらぼうに言った。

「……いっしょに来てくれよ。チビひとりだと危ないから」

雷太がぱっと顔を上げた。

「チビじゃない。らいた」

「ライタ？」

「ほんとは『雷太《サンダー》』ってなるはずだった。おとうさんが。でもやめた。ヘンだからって」

「そっか。賢明《けんめい》だな」

雷太の切れ切れの言葉をものともせず、会話がつづいているところがすごい。

「そっちは？」

「え？」

「名前」

「……ああ」

なんだか葉介まで雷太みたいなしゃべりかたになっている。それとももとからこうなのだろうか。

「夏芽《なつめ》。――あ、万木《まき》」

「？　どっちが名前」

「夏芽。万木、夏芽」

「そっか」と葉介が笑った。笑うと目がきゅっと細くなる。「おれは遠野葉介」

「なつめ」

と雷太が言った。

「なつめ、らいた、よーすけ」

ひとりずつ順に指さして名前を確認《かくにん》すると、雷太は大事な仕事を終えたように、はあっと息をついた。

「あと、後藤さん、な」

葉介が草むらのなかの相棒を指して言った。

それからわたしたちは葉介を手伝い、敷地《しきち》のすみに生えた立ち木を利用して、後藤さんの休《きゅう》憩《けい》場所を作ってやった。葉介が肩《かた》の荷をほどくと、大きなすだれが顔を出した。そのすだれを二枚重ねにして枝に渡《わた》し、しっかりと固定する。日中、暑さのひどいときは、この下に入って休むことができる。

「ここは風通しがいいし、こうしておくとちょっとは涼《すず》しいだろ」

葉介が物置から古い木箱を探してきて置いてやると、後藤さんはよっこいしょとその上に乗っかり、脚《あし》を畳《たた》んで体を休めた。白い体の上にすだれ越《ご》しの光が細い縞模様《しまもよう》を描《えが》いている。強い日射《ひざ》しにきゅっと縮んだ瞳《ひとみ》が、マイナスのねじみたいだ。細い首すじに赤い首輪がよく似合っている。ピンクの鼻先に、もぐもぐと動く口が、ちょっと笑っているみたいでかわいかった。

「さわってみるか?」

葉介にうながされ、雷太とわたしはおっかなびっくりその背中にさわってみた。つやつやの白い毛は、思ったよりしっかりしている。なでるとさらさらと乾《かわ》いた感触《かんしょく》だった。と、雷太にはおとなしくさわらせていた後藤さんが、わたしが手をふれるとぴくんと体を震《ふる》わせ、いちいち、きっ、という感じでふり返る。

「え、なんで？」

何度やっても同じ反応をする。どうやらわたしは彼女《かのじょ》にあまり好かれていないらしい。

「変だなあ……。こいつ、いちばんおとなしくて気立てのいいやつなのに」

後藤さんは素知らぬ顔で涼《すず》みながら口をもぐもぐさせている。なんだか地味に傷ついた。

と、そのとき、美鈴さんの声がした。

「みんな、お昼ですよー」

驚《おどろ》いた。もうそんな時間だったなんて。ここに来て以来、こんなに早く時間が過ぎたのは初めてだ。

美鈴さんにぜひにと勧《すす》められて、葉介もいっしょに食べていくことになった。雷太はひどく興奮して頬《ほお》を真っ赤にしていた。

お昼は冷や麦と、夏野菜の揚《あ》げ浸《びた》しだった。鶏《とり》のささみも揚げてあったのは、きっと美鈴さんが食《た》べ盛《ざか》りのわたしたちに用意してくれたものだろう。ナスもカボチャもシシトウも、よく出汁《だし》を吸っていくらでも食べられそうにおいしかった。はじめは遠慮《えんりょ》していた葉介も、ひと働きしてお腹《なか》がすいていたのか、もりもりと食べはじめた。

「おじいちゃんと穂村さんは、出かけちゃっていないから、ぜーんぶ食べていいのよ」

美鈴さんは、もう人前で「住職」と呼ぶことをやめたらしい。

「なんだかやっとサマーステイっぽくなってきたわね」

と、食べるわたしたちを見て嬉《うれ》しそうに言った。

「あー、ガキんときみんなで取りあったなあ、それ」

葉介が懐《なつ》かしそうな声をあげる。

冷や麦に入っていた色つきの麺《めん》をもらい、雷太は嬉しさではちきれそうな顔をしていた。そのピンクと緑の麺を、最後まで大事に器《うつわ》にとっておく。

食事中に聞いた話では、葉介は海寄りの隣町《となりまち》に家族と住み、そこの高校に通っているらしい。後藤さんは、その高校の生物部で飼われているヤギなのだという。ほかにもザリガニとか金魚とかいろいろいるのだが、夏休み中、学校が工事をするので、生徒たちがみんなで手分けして自宅に連れ帰り世話をしているのだそうだ。

「さすがに、ヤギを置いとける家ってそうはないからさ。もう一頭のビンゴと、それからクラと、三頭まとめて、じいちゃんちに置かせてもらってるんだ」

その世話のため、葉介は夏じゅう平治さんの家に滞在《たいざい》しているというわけだ。

「まだいる？　あと二ひき？」

雷太がぱっと反応する。

「ああ。ビンゴは茶色の混じった雄《おす》ヤギで、クララはいちばん若い。今度見に来るか？」

あごが首につきそうな勢いで雷太がうなずいた。箸先《はしさき》から麺《めん》つゆがはねてシャツに飛ぶ。

「なつめも」

当然のようにつけ加える。すっかり雷太とワンセットだ。

「そうだな。来いよ。あー、その……夏休みの自由研究とかになるんじゃねえの？」

「べつに自由研究はないけど」

「あ、そ、そう……」

葉介がずずっとひと息で冷や麦をすすり、雷太と同じ場所に麺つゆを飛ばした。美鈴さんがさっと背を向け、「……セイシュン！」とこっそりつぶやいていたけれど、わたしは聞こえないふりをしていた。


その夜、わたしはノートに向かい、その日の出来事を書きしるしていた。日記というほどのものではないけれど、あとで香子《かこ》に話して聞かせられるように記録することにしたのだ。

と、障子がすーっと細く開いて、隙間《すきま》から雷太が顔をのぞかせた。ちょっとムッとする。

「……あのね雷太。人の部屋に入るときは、ちゃんと声をかけるのよ」

まったく、これだから小さい子は。

「こえ？」

「そう。名前を呼ぶとか、『入っていいですか』って聞くとか」

「なんで」

「礼儀《れいぎ》です」

雷太は理解したのかどうか、それでも素直《すなお》に聞いてきた。

「なつめ、はいっていいですか」

「どうぞ」

雷太はとことことやってきて座《すわ》り、しげしげとノートをのぞきこんできた。これもちょっとムッとする。

「――べんきょう」

「雷太もやる？」

向こうでお絵かきでもさせるつもりでルーズリーフを一枚さし出すと、雷太はひどく困った顔をした。ふるふると首を振《ふ》る。

「……できない」

「どうして？」

「……おかあさん、べんきょうできないからって。おれも、べんきょうできないって。おかあさんの子だから」

言いながらだんだん顔が下がっていく。

「ばかなんだ、おれとおかあさん。だから、あんまりしゃべっちゃだめって。ばかだから」

「……誰《だれ》がそんなこと言ったの？」

「おとうさん。あと、おばちゃんちの、おばちゃん」

「…………」

雷太の顔からすっかり光が消えていた。昼間はあんなにぴかぴかしていたのに。

子どもなんてどう扱《あつか》っていいのかわからない。でも、このままにしておくのは嫌《いや》だった。

「――ねえ、今日おもしろかったね。いっぱい見たよね、ヤギ。夕方、あのお兄さんが連れて帰っちゃったけど」

「ヤギ」という言葉に雷太がぴくりと反応する。

「何色だったっけ？　後藤さん」

「……しろ」

「なに食べてた？」

「くさ」

「どんな？」

「……こんなおっきいのと、とんがったの。あとぐねぐねしたやつ」

「そうそう。いっぱい食べてたよね。すごいよね、後藤さん」

「あのね、『は』がね、こんなだった。よこに。こんな」

雷太はヤギの口の動かしかたをまねしてみせた。もぐもぐ、もぐもぐ。

あはは、とわたしが笑うと、

「それでね、しっぽ。かわいいの。ぴこぴこって。あと、あるくの。こうやって」

雷太は四《よ》つん這《ば》いになり、部屋をごそごそと歩きまわりはじめた。ときどき「メヘヘヘヘ」と鳴きまねもする。「メエー」じゃないところがリアルだ。うまいうまい、と言うと、雷太はもう一度上手に鳴いてみせてくれた。メヘヘヘヘ。

「できるじゃない、勉強」

雷太が顔を上げてわたしを見た。昼間美鈴さんに切ってもらって、前髪《まえがみ》が短くなっている。

「今日、自分で見て、それだけ覚えたんでしょう？　雷太ひとりで。それ、勉強だよ」

「ほんとう？」

「うん。本当。雷太は大丈夫《だいじょうぶ》、勉強、できるよ」

雷太の顔に、ぽっと光が灯《とも》った。まんまるいお月様みたいだった。

小さい子って、かわいいなと、わたしはそのとき初めて思った。

つぎの日から、葉介は毎日、ヤギ飼いとしてこの宝山寺《ほうざんじ》にやってくるようになった。毎朝、後藤さんを連れてきて、夕方になると連れ帰る。

「ずっとここに置いといちゃだめなの?」と聞くと、「ちゃんとした小屋がないからな」という答えが返ってきた。平治さんの家にはきちんとヤギ用の小屋が用意してあって、ほかのヤギたちもそこにいるのだそうだ。

葉介は後藤さんを連れてきてある程度世話をすると、ほかのヤギのようすを見るため家に帰ってしまう。そのあいだ、代わりに後藤さんに気を配っているのが雷太だ。

「ほんとにヤギが好きなんだねえ、雷太くんは」

カメラを手にした穂村さんが、眼鏡の奥《おく》で目を細めながら、しみじみ言う。

穂村さんは、ふだんから境内《けいだい》に咲《さ》く花や周囲の景色を写真に撮《と》っては、檀家《だんか》さん向けの『宝山寺だより』に載《の》せているのだそうだ。といっても、発行部数はわずかに四、五十部で、それはつまり、お得意先が少ないということだ。宝山寺は、古いけれどとても小さなお寺らしく、正直、経営がどうなっているのかちょっと心配なくらいだ。もっとも、野菜やなにかはもらいものでなんとかなっているようだけれど。

と、穂村さんが座《すわ》って宿題をしているわたしにカメラを向け、パシパシ撮ってくる。

「えっ、なに？　わたしも撮《と》るんですか？」

「うん。あとでアルバムにするからね。それに、お家《うち》のかたにも途中《とちゅう》報告をメールで送ろうと思って。そのほうがようすがわかって安心なさるだろう？」

「…………」

嘘《うそ》みたいだけど、最初の日の電話以来、わたしはすっかり家のことを忘れていた。朝早く起きて、規則正しい生活をして、おいしくごはんを食べる。毎日物珍《ものめずら》しくてあわただしくて、ここに来てまだほんの数日なのに、骨折した父のこともその世話をする母のことも、思いだしもしなかった。

やっぱり、わたしは根っから自分勝手なのかもしれない。家を出るとき言われたように。

「なつめー、みてー」

雷太が外で呼んでいる。あんな大きな声も出せるのか。

「ごとうさんが、うんこしたー。ほら、また、あっ、またした。ねえ、うんこ、なつめ、うんこー！」

「……雷太、わかったからやめて」

と、表で笑い声がした。

「そう、ヤギの糞《ふん》はすごいんだぞ。土を生きかえらせるからな」

「よーすけー！」と雷太のはしゃぐ声がする。

「あ、これ、ナスとピーマン。うちのじいちゃんから」

庫裡《くり》の勝手口で、いつもすいませーん、と美鈴さんが答えている。

と、縁側《えんがわ》から、葉介がひょいと顔を出した。

「あれ、なんだ、勉強中か？」

いつもの作業ズボンにゴム長、それに今日は「ターミネーター」のTシャツを着ている。

「葉介くんは、学校の宿題、ないのかい？」

横から穂村さんに聞かれ、葉介はうっ、とうめいた。

「……やなこと思いださせないでくださいよ」

「よかったらきみも持ってくるといいよ。ぼくたちでよければ教えるよ」

「え、ほんとですか？」

「うん、喜んで手伝わせてもらうよ。でももしできればその前に、ちょっとだけ、御仏《みほとけ》の教えについても話を聞いてくれると嬉《うれ》しいな」

にっこりと穂村さんが微笑《ほほえ》むのに、「……無料動画の広告かよ」と葉介が横を向いてつぶやいていた。

そこへ、ひらひらした花みたいなワンピースを着た美鈴さんが、切ったスイカを皿に山盛りにして現れた。この古びたお寺で、ホウセンカみたいな色がひときわ華《はな》やかだ。

「もうさ、葉介くんもサマーステイに参加しちゃえば？　休み中ずっとこっちにいるんでしょ。どうせ毎日来るんだし、夏芽ちゃんひとりじゃさびしいだろうし。雷太もこんなに懐《なつ》いてるしね。あっ、お代はいいのよ、心配しないで。後藤さん貸してもらってるから」

「そうそう。すっかり楽をさせてもらってるお礼に、ね」

穂村さんとふたり、にこにこと勧誘《かんゆう》にかかる。

「でっ、でもおれ、ほかのヤギの世話もあるし、それに、じいちゃんの手伝いもすることになってるし――」

「あ、そっか、そうね、平治さんの手伝いね……」

美鈴さんがしょんぼりと肩《かた》を落とす。

「……あー、でも、午前か午後、どっちかだけ、とかならまあ、なんとか……」

「本当？」

美鈴さんと穂村さん同時に顔を上げる。

「じゃあ、今日は夕飯、いっしょに食べましょうね」

「夕べのお勤めもね。ぜひ参加してって。あっ、写経《しゃきょう》は？　写経する？」

たじたじとなる葉介を見て、わたしはぷっと吹《ふ》きだした。ふと葉介と目が合う。と、

「――ねえってばあ、うー、んー、こー！」

表で雷太が、全力で叫《さけ》ぶ声がした。


薄闇《うすやみ》のなか、ゆらゆらと蚊取《かと》り線香《せんこう》の煙《けむり》が漂《ただよ》ってくる。

わたしは布団《ふとん》の上で、もう長いこと、ぼうっと天井《てんじょう》をながめていた。

今日に限ってなかなか眠《ねむ》りが訪《おとず》れようとしない。ここでは毎日、朝起きるのが早いので、家にいたころとは比べものにならないくらい早い時間に床《とこ》に就《つ》く。小さな雷太の相手をしたり、慣れない環境《かんきょう》で気をつかったり、やれ読経《どきょう》だの写経だの法話だのと、あれこれ忙《いそが》しくやっているせいで、いつも布団に入るが早いか眠くなってしまっていたのだけど――。

あれは、疲《つか》れているせいだけじゃなかった。すっかり忘れていた。

寝《ね》つきがいいのは、誰《だれ》かが声を荒《あ》らげたり、言い争ったりするのを、自分の部屋で息をひそめて聞いていなくてもよかったからだ。

今日、母からメールが届いた。

〈なっちゃんへ
写真見ました。元気そうでよかったです。みなさんによくしてもらっているようで安心しました。お父さんは、まだギプスです。あんまり機嫌《きげん》がよくないです。暑いからね。なっちゃんも体に気をつけて。参加者が少ないみたいだけど、もしつまらなかったら早く帰ってきてもいいのよ。そのときは言ってね。お母さんが話してあげるから〉

きっと父のわがままに手を焼いているのだろうな、と思った。仕事から帰ってきても、ろくに休む間もないのだろう。ちくりと胸が痛んだ。

わたしは今日、サマーステイの期間延長を申し出た。

「いいわよう、もちろん、大歓迎《だいかんげい》。なんだったら夏じゅういてくれてもいいのよ」

美鈴さんはにこにことそう言ってくれた。募集《ぼしゅう》のチラシには【一週間から／期間延長可／最長一か月まで】とあったので、はじめは一週間で申《もう》し込《こ》んでおいた。けれど母には、あらかじめそれより長めに告げてあった。わたしは、ここに来て、帰るのを先延ばしにしたのだ。

お母さん、ごめん。

また、のどに嫌《いや》なものがわきあがってくる。押《お》しもどすように息を吸い、わたしは無理やり目を閉じた。

第五章　三匹《びき》のヤギ

明け方に雨が降ったらしい。草や木はしっとりと濡《ぬ》れ、朝日も雲間に隠《かく》れたまま、当分地面は乾《かわ》きそうにない。朝食のあと、茶の間で電話を取っていた美鈴《みすず》さんが、受話器を置いた。

「やっぱり、今日は来ないって。草が乾くまでおあずけですって」

雷太《らいた》ががっかりした顔をする。

ヤギは水に濡れるのが苦手だった。濡れた草もお腹《なか》によくないし、後藤《ごとう》さんの除草作業は今日はお休みになってしまった。

「じゃあ、本堂で法話はどうですか。小さな子にもわかりやすいお話がたくさん……」

雷太はすくっと立ちあがり、ととと、とどこかへ逃《に》げていった。

「見つからないところに入っちゃだめよー」

と美鈴さんが声をかける。雷太はすねるとすみっこに潜《もぐ》りこんでしまう癖《くせ》があった。ときどきとんでもないところに入りこんではみんなを驚《おどろ》かせている。

「まあ好きにさせてやんなさい」と言って、タケじいは今日もふらりとどこかへ出かけてしまった。住職なのに、あまりこのお寺にいたためしがない。「どこかしら檀家《だんか》さんのお宅を訪問していらっしゃるんですよ」と穂村《ほむら》さんが言い、「またカラオケでしょ」と美鈴さんが肩《かた》をすくめて言った。

わたしも天気のせいかなんとなく体が重くて、自室に戻《もど》ってごろんと横になった。

香子《かこ》としゃべりたいな、と思ったけれど、今は電話もメールもつながらない。きっと合宿先で勉強漬け《べんきょうづ》けの毎日を送っていることだろう。わたしの過ごしている日々とは対照的だ。

(まずは、志望大学に入って、それから留学もしてみたいな)

いつだって自分の目標に向かってまっすぐな香子。

(そのほうが選択肢《せんたくし》が広がるし)

そんな彼女《かのじょ》はまぶしくて誇《ほこ》らしくて、大好きだったはずだけど——。今はちょっと、遠く感じた。

だって香子。「前向きでいられる」っていうのも、じつは恵《めぐ》まれた才能なんじゃないかな。

ふと、そんなことを思った。

「こんちはーっす」

午後になって、庫裡《くり》の勝手口で葉介《ようすけ》の声がした。

雷太がダダダッと駆《か》けだしてくる。「え？　え、今、どこから出てきた？」と穂村さんがひどく焦《あせ》っていた。

「雨も上がってるし、これからうちにヤギ、見にこないか？」

雷太が口を真一文字に結んだままぴょんぴょん跳《と》びはねる。そうとう嬉《うれ》しいらしい。

「……あー、キミも、来る？」

葉介がわざと格好をつけて言い、わたしは、ぶはっと吹《ふ》きだした。


平治《へいじ》さんの家まで、細い山道と畦道《あぜみち》を歩いて十五分ほどだった。葉介はいつもこの道を後藤さんを連れて往復していると言う。

「車で運んでもらったほうが楽なんじゃない？」

「あっちの道はかえって遠回りなんだ。軽トラはじいちゃんが使うし」

のんびり行くわたしたちを、道の先で雷太が待ちきれないようにふり返った。

「やあ、嬢《じょう》さん、よう来たな。坊《ぼう》もよう来た」

タチアオイの咲《さ》く庭先で、平治さんが出迎《でむか》えてくれた。さっそく雷太が裏手へ駆けだす。

と、平治さんが、すすっとわたしに近寄ってきた。

「……ところで、うちの秘密兵器は、役に立っとるかな?」

声をひそめて聞いてくる。

「はい。それはもう」

みんなすごく助かってます、と言うと、

「四本足のほうと、二本足のほうと、どっちだ?」

と聞くので、「どっちもです」と答えておいた。平治さんはむふっと満足げに笑った。

「おーい、こっちだぞ」

葉介の声のするほうに行くと、畑の向こうに木でできた小屋があった。周りを柵《さく》で囲ってあって、なかでヤギたちが思い思いにくつろいでいる。

「この茶色の斑《ぶち》の大きいやつが、ビンゴ。こっちの小さいのがクララ」

三頭のなかで唯一《ゆいいつ》の雄《おす》ヤギであるビンゴは、緑色の首輪をして体も鳴き声もいちばん大きい。小さなクララは、後藤さんとよく似た白いヤギで、空色の首輪をつけた女の子だ。後藤さんがわたしたちを見て、「ベエー」と鳴いた。葉介の通う高校でも、この三頭が除草をしてくれているのだそうだ。美鈴さんが持たせてくれたニンジンやキャベツをさし出すと、三頭とも競《きそ》って頭を突《つ》きだしてきた。

「ビンゴはどうして角がないの? 雄なのに」

「ああ。角はふつう、雄雌《おすめす》どっちもあるよ。小さいときに取ったんだ。角があると、ヤギにも人にも危ないからな。とくにビンゴは、人を見ると走ってきて頭突《ずつ》きする癖《くせ》があるし。これまで、何人の先輩《せんぱい》たちが被害《ひがい》に遭《あ》ったか……」

過去の被害者には教頭先生も含《ふく》まれるという。だから『ビンゴ《当たり》』か。

雷太はずっと柵《さく》にしがみついてヤギたちに釘付《くぎづ》けになっている。なかに入ってヤギたちにブラシをかけさせてもらった。葉介がビンゴ担当で、わたしが後藤さんで、雷太がクララ。念のため三頭とも綱《つな》でつながれた。せっせとおいしいものをあげつづけた成果だろうか。後藤さんはだいぶ馴《な》れて、わたしがさわってもきっとふり返ったりしなくなった。ブラシをかけ終わって、ぴかぴかになった毛をなでてやる。雷太とふたり、クララをはさんで携帯《けいたい》で写真を撮《と》っていたら、後ろから葉介も入ってきて、自分のスマートフォンで写真を撮りはじめた。

「なにしてるの」

「うん。みんなに自慢《じまん》する。白桐《しらぎり》女子の子と、写真撮ったって」

にやにやとシャッターを切る。その言葉に、むかっときた。さっとフレームから外れる。

「――サイテー、そういうの」

うんと冷たい声で言うと、葉介は一瞬《いっしゅん》、きょとんとした。

「……え。なんか、悪いことしたか、おれ?」

「白桐だからっていうのが、嫌《いや》なの」

そんなの、制服を着ているだけでちらちら見てくるあの人たちと同じだ。葉介までそうなのか、と思ったら、ひどく腹が立った。

「そ、そうか？　……ごめん」叱《しか》られた犬みたいな顔で首をすくめる。「だってほら、うちの学校、ほぼ男子校だからさ。女子は学年で十人くらいだし、おれは男クラだし、高校入って女子と楽しくおしゃべりなんてないからさ。……まあ、そんなだから、うん。……なんか、気を悪くさせたんなら、ごめん」

不機嫌《ふきげん》になるかと思ったら、謝《あやま》られてちょっと驚《おどろ》いた。

「おれのしゃしん、とっていいよ」

そこへ雷太がにゅっと顔を出した。クララの横でポーズを取ってみせる。

やきもちを焼いた後藤さんが、後ろで「べへへへへ」と鳴いた。


それからわたしたちは、畑の草取りや収穫《しゅうかく》をちょっとだけ手伝わせてもらい、そのあと母《おも》屋《や》でお茶をいただいた。

「おいしい。この餡子《あんこ》、最高」

清子《きよこ》さんの作ってくれたおはぎは、ぽったりとしてとてもおいしかった。

「そうだろうそうだろう」と平治さんも満足げだ。わたしがおかわりをすると、清子さんはにこにことお茶を注《つ》ぎたしてくれた。葉介はほっとした顔で、自分はつぎつぎ三個も食べた。

「おーい。平さん、うちの子らがお世話になっとるかなあ」

帰るころになって、驚《おどろ》いたことにタケじいがわたしたちを迎《むか》えに来た。今日は「ターミネーター3」のシャツを着ている。葉介が微妙《びみょう》に嫌《いや》な顔をしていた。

「ようタケちゃん。お迎えご苦労」

「丈真《じょうしん》さんとかご住職とか呼ばんかい。まったく昔から礼儀《れいぎ》を知らん」

このふたりは昔馴染《むかしなじ》みで、若いころは村の青年団の先輩後輩《せんぱいこうはい》だったらしい。

「美鈴のやつが、拙僧《せっそう》をスマホで呼びつけおったのだ」とぼやき、平治さんがげらげら笑っていた。

帰り道、雷太と手をつないで畦道《あぜみち》を歩きながら、タケじいが尋《たず》ねてきた。

「ふたりとも、ここにおって楽しいか？」

雷太は「うん」と答え、わたしも「はい」と返事した。

「そうか」とだけタケじいは言って、また黙々《もくもく》と歩きつづけた。時折、ふんふんと鼻歌を歌っているので、耳をすますと、曲は、『メリーさんのひつじ』だった。

――やっぱり、今日は食べすぎてしまったかもしれない。

その晩わたしはひどく後悔《こうかい》していた。

おはぎも、食べたときはあんなにおいしかったのに。

夕食のあとから、ずっとそんなふうにぐずぐずと思《おも》い悩《なや》んでいる。ひどく胃が重かった。体のなかに出し忘れた荷物が残っているようで、そわそわと落ちつかない。

午後から何度も携帯《けいたい》電話が震動《しんどう》していた。家からの着信だ。わたしはどれにも出なかった。よくないことはわかっている。でも、どうしても出さなくてはいけない。なぜかそんな気持ちに駆《か》り立《た》てられた。

着替《きが》えを持ってお風呂《ふろ》に行く途中《とちゅう》、トイレに行った。みんなは茶の間でテレビを観《み》ている。わたしはレバーを引いて水を流し、ザーッという音とともに、のどに指を入れて吐《は》いた。

「あら、夏芽《なつめ》ちゃん、もう終わり？」

朝食の席でわたしが箸《はし》を置くと、美鈴さんが首をかしげた。外はよく晴れている。

「今朝は食欲、ないのねえ。もしかして、具合でも悪い？」

「あ、ちょっと、昨日から胃がもたれちゃって……」

えへへ、と笑ってごまかす。

「ところで雷太くんは、なんでそんな食べかたをしてるんだい？」

見ると雷太が、もごもごとあごを横に動かすようにしておひたしを食べている。ヤギのまねだ。そんなことしているとあごが痛くなるよ、と言われてもやめないので、

「雷太、あんまりやってるとひげが生えるよ」

とささやくと、ぴたっと止まった。

「きょうはごとうさんたち、くるかなあ……」雷太がお茶碗《ちゃわん》を持ったまま窓の外を見る。

「そうだね、天気がいいから、来ると思うよ。だからその前に、ごはんを食べてしまわないと」

穂村さんに言われて、雷太は急いでごはんをかきこみだした。このところ、雷太はちょっと肉付きがよくなったような気がする。頬《ほお》のあたりがぷっくりとして、ひょろひょろだった腕《うで》や脚《あし》もずいぶんしっかりしてきたようだ。じっとしてあまり動かない子だったけれど、今は跳《と》んだり走ったり忙《いそが》しい。

部屋に戻《もど》ると、また携帯《けいたい》の着信ライトが点滅《てんめつ》していた。家からの電話だろう。いったい何度かけてくれれば気が済むのか。とても開く気になれなくて、わたしはそのままリュックに放りこんだ。

昨夜《ゆうべ》吐《は》いてしまってから、のどのあたりにずっと違和感《いわかん》が残っている。固い種がそこにあっ

て、いつまでも貼《は》りついて離《はな》れようとしない。

せっかく美鈴さんたちが用意してくれた食事を戻《もど》してしまうのは、ひどく申し訳なかった。せめて早く消化してしまえるように、今朝は少なめに食べたのだけど——。

ここに来て以来、日々のことにまぎれてすっかり忘れていたのに。わたしはのどもとに手を当て、ふうっと息をついた。


「——……てる？」

「えっ？」ふいに話しかけられ、はっと顔を上げる。

わたしは流しの前でぼんやりとぞうきんを洗っているところだった。バケツを抱《かか》えた葉介がこっちを見おろしている。

「ごめん、なんて言った？」

「……あ、いや。まだ怒《おこ》ってるのかな、って。昨日のこと」

葉介は遠慮《えんりょ》がちに隣《となり》に来て、ざあっと水を流す。わたしはきょとんとした。

「ううん、べつに。怒ってないよ」

「そっか。よかった。なんか朝から、ずっと黙《だま》ってるからさ」

そう言われて、急に申し訳なくなった。わたしは、のどを気にしていただけなのに。安心させるため笑ってみせると、葉介もほっとしたように笑《え》みを見せた。

今日は、朝から全員総出で本堂の掃除《そうじ》をしている。お盆《ぼん》も近く、お参りに来る人も増えるので、その前にきれいにしておくのだ。もっとも、ふだんから掃除はきちんとやってあるのだけど。主に穂村さんが。

葉介がぼやいた。

「それにしても、サマーステイとか言って、来てみたらいきなり大掃除かよ。ひでえな、こんなのただの手伝いじゃないか」

「なにを言う」

柱の陰《かげ》からタケじいが顔を出した。珍《めずら》しく黒い法衣《ほうえ》を着ているせいで、ちゃんとお坊《ぼう》さんに見える。

「掃除も立派な修行《しゅぎょう》だ。寺には欠かせんたいせつなお勤めだ。心をこめてやりなさい」

「……はいはい。最近は掃除ロボットを使うところもあるみたいですけど。ところで、住職はやらないんですか、たいせつなお勤め」

「拙僧《せっそう》はこれより山を下りて、みなさんと親睦《しんぼく》を深めなければならない」

くるりと背を向けすたすたと歩き去る。間を置かず、美鈴さんの声が聞こえてきた。

「あっ。おじいちゃん、また——！」

さっそく見つかってやんの、と葉介が笑う。それからふとわたしを見て言った。

「……ていうかさ、あんたも物好きだよな。わざわざ金払《はら》ってこんなとこまで来て、掃除《そうじ》したり写経《しゃきょう》したり。せっかくの夏休みなのに」

いつのまにか二人称《ににんしょう》が「キミ」から「あんた」に替《か》わっている。

「そう？　わたしは田舎《いなか》の親戚《しんせき》の家に遊びに来てるみたいで楽しいよ。勉強合宿よりぜんぜんマシ。それを言うならそっちこそ、夏休みなのにヤギの世話と掃除じゃない」

「……まあな」

葉介は宙を見あげ、ははは、と乾《かわ》いた声で笑った。

本堂に戻《もど》ると、雷太が美鈴さんといっしょに仏具を磨《みが》いていた。白い布を指先に巻き、きゅっきゅっとこすっている。

「雷太は手が小さいから、細かいところまで指が届くのよね」

美鈴さんが大きな香炉《こうろ》を磨きながら言った。雷太は頬《ほお》をふくらませ、口をきゅっと閉じて一心に灯籠《とうろう》を磨いている。「ほんとだ」「すごいな、雷太」、ほめられて、雷太がぐっと力を込《こ》めたときだった。

パキ、と音がして金色の小さな飾《かざ》り物《もの》がころりと落ちた。

「――あ」

そのとたん、雷太はパッと立ちあがると、ダダッとその場から逃《に》げだした。遠くで、ガラガラピシャン、と音がする。またどこかに隠《かく》れてしまったらしい。

「……あいつ、怒《おこ》られると思ったのかな」

「そんな。もともと古いから、しかたないのに」

雷太にかわいそうなことしちゃった、と美鈴さんがしょんぼりと肩《かた》を落とした。

「おーい、雷太、出てこい」

「誰《だれ》も怒ってないよ、雷太。おやつ食べよう、ぶどうがあるよ」

葉介とわたしで交互《こうご》に呼びかけたが、雷太は返事をしようともしない。寺じゅうを見てまわって、どうやら庫裡《くり》の物置に閉じこもってしまったようだと当たりをつけた。時折、なかでかすかに動く音がする。

「おーい、雷……」

そこへダダッと足音がして、いっしょに捜《さが》していた穂村さんが駆《か》けこんできた。

「雷太くん？　ここを開けなさい。出ておいで、ほら早く！」

ドンドンと激しく戸を叩《たた》いている。

「あのー、穂村さん、そんなに大声出したらもっと出てこないんじゃ……」

「そ、そうか、……いやでも、雷太くん、開けなさい、雷太くん！」

戸のなかでゴトゴトと音がする。雷太がおびえてさらに入りこむ場所を探しているのかもしれない。

「こんな暑い日に、こんな場所に閉じこもったりしたら……」

「大丈夫《だいじょうぶ》じゃないですか？　ここ土壁《つちかべ》だし、小窓もあるし」

葉介が言っても、穂村さんは焦《あせ》って戸をがたがたと揺《ゆ》すっている。なかでもかたかたと隠《かく》れる音がする。

葉介とわたしは顔を見あわせた。葉介が後ろからそっと穂村さんに耳打ちし、肩《かた》を持って後ろへ下がらせた。替《か》わってわたしが一歩前へ出る。

「──雷太あ、後藤さんが待ってるよ。出ておいでよ、きっとさびしがってるよ」

返事がない。

「じゃあ、ブラシかけてあげない？」「スイカの皮、あげようよ」

なにを言っても答えが返ってこない。なにか、もっとほかにいい方法はないだろうか。考えこんでいると、背中に穂村さんのじりじりした視線を感じた。しかたがない。

「──む、……むかしむかし、あるところに、三匹《びき》のヤギがおりました」

口から出まかせで話しだしたら、なかの物音が、ふとととだえた。

「えーと、……いちばん大きいヤギは後藤さん、中くらいのヤギはビンゴ、小さいヤギはクラといいました――」

それで、この先どうつづくんだっけ。昔読んだ絵本を懸命《けんめい》に思いだす。

「三匹《びき》は、山の向こうの草場へ、おいしい草を食べに行きたいと思いました――」

「え？　お母さんがお使いに行くから、留守番するんじゃねえの？」

葉介が横から口をはさむ。

「それは七匹！」

いいから黙《だま》ってて、と手で追いはらう。

「……けれど、山に行くには橋を渡《わた》らなければなりません。その橋の下には、怖《こわ》いトロルが住んでいました。いちばんはじめに、小さなクララが橋を渡《わた》って――」

トロルが出てきてヤギを食べようとすると、小さいヤギは、「あとからもっと大きいのが来るよ」と言って渡ってしまう。つぎにやってきたヤギも、同じことをくり返す。

「……ええ、それで、後藤さんは言いました。どうか食べないで、わたしのあとからもっと大きなヤギが――」

カラリ、とごく細く戸が開いた。

「……いわないよ」

隙間《すきま》から雷太が顔をのぞかせる。葉介が穂村さんの袖《そで》をぎゅっとつかんだ。

「ごとうさんはそんなこと、いわないよ。クララも」

「そうだね。じゃあ、なんて言うと思う？」

「……べへへエ〰〰」

雷太うまいね、と言うと、にっと笑った。

「もう出ておいでよ」

「……おこられない？」

「怒《おこ》られないよ。だって雷太はお手伝いはしたけど、悪いことはしてないもん。だから出
――」

ぴたん、と戸が閉まった。

「手強《てごわ》いな」

葉介が感心したように唸《うな》った。

それから、わたしたちは戸の前で、「やぎさんゆうびん」の歌を三回歌い、さらに、知っているかぎりの昔話をつぎつぎとヤギバージョンに変えて話してみたのだけれど、やっぱり雷太は出てこなかった。やがて物音もしなくなる。

「雷太くん？　雷太くん！」

穂村さんが青くなって戸を叩《たた》いているところに、さっき出かけたはずのタケじいが、忘れ物をしたと言って帰ってきた。

「……みんなでなにをやっとるんだ？」

事情を話すと、タケじいはあっさりと解決してみせた。扉《とびら》のすみをあちこちいじっていたかと思うと、ガコンと戸板ごと外してしまったのだ。向こう側でもたれかかっていたのか、ころんと雷太が転がり出てきた。寝《ね》ぼけ眼《まなこ》で目をこすり、「あれ？」とみんなの顔を見まわす。

穂村さんがほーっと長く息をついた。

第六章　小さいヤギ

――しろやぎさんから　おてがみついた。

　くろやぎさんたら　よまずにたべた。

雷太《らいた》が朝からご機嫌《きげん》で歌っている。

よく晴れた、絶好の川遊び日和《びより》だった。

サマーステイのイベントのひとつとして、今日は川遊びに行くことになっている。

「かーわ！　かーわ！」

雷太は興奮してずっとはしゃぎっぱなしだった。騒《さわ》ぎすぎて、美鈴《みすず》さんが水筒《すいとう》の用意をしてくれているのを、がしゃんとひっくり返してしまった。一瞬《いっしゅん》、顔をこわばらせ駆《か》けだそうとするのを、穂村《ほむら》さんがすかさず抱《だ》きとめた。

「大丈夫《だいじょうぶ》だよ、逃《に》げなくても」

「そうよ、雷太。平気平気」

穂村さんと美鈴さんが口々になだめる。そのとき、表で声がした。

「メヘヘヘヘエー」

雷太がぱっと顔を上げる。

「おはようございまーす、ヤギお待ちい」あとから葉介《ようすけ》の声がつづいた。


川の水は、ものすごく冷たかった。足を浸《ひた》すときゅっと身が縮むようだ。

「きゃあ、つめたーい！　雷太、早くおいで」

雷太は大きな浮《う》き輪《わ》を着けられ、恐《おそ》る恐る水に入ってくる。そばでは付《つ》き添《そ》いの穂村さんが、浮き輪に付いたロープをしっかりと握《にぎ》っていた。「心配性《しんぱいしょう》だなあ」と葉介があきれ顔で見ていた。美鈴さんは、後藤《ごとう》さんといっしょにお留守番だ。お寺には必ず誰《だれ》か残っていなければいけないのだそうだ。

足の先を、きらりと光るものがよぎっていった。

「魚！」

「ハヤだろ」

雷太はすでに浅瀬《あさせ》で腹ばいになり、ばちゃばちゃしぶきをあげている。雷太ー、カニがいるぞ、と網《あみ》を持った葉介に呼ばれ、目を輝《かがや》かせて駆《か》けていく。わたしは水の流れに足首をくすぐらせながら、はしゃぐ彼《かれ》らをながめていた。

お昼は、みんなでおにぎりを食べた。水筒《すいとう》の麦茶は、よく冷えていつものように香《こう》ばしい。木陰《こかげ》の岩に座《すわ》って流れに足を浸《ひた》していると、川風が吹《ふ》いて涼《すず》しかった。きれいな水色のトンボが飛んできて、そばの葉先に止まる。

空にもくもくと白い雲が立つ。後ろには、三日月形につらなる棚田《たなだ》と、山の緑。きれいだな、と思った。夏なんかちっとも好きじゃなかったけど。

葉介がそばに寄ってきてこっそり耳打ちする。

「……でもさ、これがイベントって、ちょっとしょぼくないか？」

べつにわたしは楽しいけど、と言うと、そうかあ？　と首をひねる。

「やっぱ、海だろ、行くのなら。まあ、おれらはたいてい学校帰りに行くけど」

「学校帰り？　海に？」

葉介の通う高校からは、自転車で十分も行けば海岸に出るのだそうだ。放課後、軽く泳いで、また自転車に乗って帰るのだという。葉介は得意げに言った。

「釣《つ》り竿《ざお》持っていけば、魚も釣れる。焚《た》き火《び》で焼いてその場で食べたりさ。だから生物部に入ったんだ、おれ」

生物部って、ふつうそんな感じじゃない気がするけど。

「ようすけー！」雷太に呼ばれ、葉介が立ちあがって歩き去る。

わたしは手を伸《の》ばし、川の水をすくった。冷たい雫《しずく》がひじまで流れおちる。ふと、人間の体はほとんど水でできている、という話を思いだした。

このきれいな水と、わたしのなかみを、ぜんぶ取りかえられたらいいのに。そしたらわたしも、香子《かこ》みたいになれるだろうか。

「なつめー、ほら」

ふいに声がして、目の前に小さな手に握《にぎ》られた川虫が突《つ》きだされた。「ぎゃあ」と叫《さけ》ぶと雷太は驚《おどろ》いた顔をして、それからげたげたと笑った。

「……はくちっ」

風が吹《ふ》いて、雷太がくしゃみをした。Tシャツがずぶ濡《ぬ》れになっている。「ほら、風邪《かぜ》ひくよ」着替《きが》えさせようと裾《すそ》をめくって、ふと手が止まった。

「――雷太くん、これ着ようか」

いつのまに来たのか、穂村さんがゴム入りのラップタオルを持ってきて頭からすぽっと被《かぶ》せた。慣れた手つきですばやくシャツを抜《ぬ》きとりながら、わたしに向かってそっと目だけでうなずいてみせた。

わたしが初めてこの寺に到着《とうちゃく》した日、それはつまり、隠《かく》れていた雷太が見つかったあの日。そのときから、雷太の体には、いくつかのあざや火傷《やけど》の跡《あと》があったのだという。

川に遊びに行ったその晩、疲《つか》れた雷太がぐっすり眠《ねむ》ってしまったあと、穂村さんと美鈴さんとタケじいが、三人で相談したうえでわたしにも話してくれた。初めて気づいたのはお風呂《ふろ》に入れたときで、丸くたばこを押《お》しあてられたような跡があった。火傷のほうはほとんど薄《うす》くなっていたけれど、あざはまだ新しいものだという。

「たぶん、強くつねられた跡だと思う。……本当に、申し訳ない。まだ中学生のきみに、こんなことを聞かせるべきじゃないんだろうけど」

わたしは黙《だま》ってうつむいて聞いていた。

どんな顔をすればいいのか、どう返事をすればいいのかもわからなかった。

「怖《こわ》がらせて本当にごめん。でも、彼《かれ》のことは、これからぼくたちみんなでちゃんと責任をもって引き受けるから。雷太くんがこれ以上同じ目に遭《あ》うことはけっしてない。だからきみは、なにも心配することはないんだよ」

「ごめんね、夏芽《なつめ》ちゃん。悲しい思いをさせてしまったね」

穂村さんと、美鈴さんと、ふたりそろってわたしに深く頭を下げてきたので、それにも驚《おどろ》いた。

「……わたしは、どうしたらいいですか」

わたしに、なにができるだろう。香子と下級生をかばうみたいに、ひょいと手を伸《の》ばしてあげられるんだったらいいのに。

「なんにも」

美鈴さんが優《やさ》しく笑う。穂村さんもうなずいた。

「でも」

「はき違《ちが》えてはいかんよ」

タケじいだった。

「べたべた優しくすることはない。同情もいらん。ふつうにしていなさい。あの子はもう守られている。——間違っても、あんた自身が、引きずられてはいかんよ」

タケじいはそれだけ告げると、どれ、また布団《ふとん》を蹴《け》とばしてないかな、と奥《おく》の部屋に行ってしまった。


たぶん、三歳《さい》くらいのことだったと思う。

写真に頼《たよ》らない、自分のいちばん小さいときの記憶《きおく》だ。

欲《ほ》しかったキャラクターのカップを買ってもらって、わたしははしゃいでいた。

お茶をいれてもらって、それを持ったまま部屋じゅうを歩きまわった。母は注意したのだろうが、興奮したわたしの耳には入らない。そのうち、足もとに広げられた新聞紙ですべって転んだ。新聞は大きく破れ、お茶が父の頭の上にこぼれた。つぎの瞬間《しゅんかん》、わたしは部屋のすみまでふき飛んでいた。父に殴《なぐ》られたのだった。

「おまえが悪い」

覚えているのはその言葉と、泣《な》き叫《さけ》ぶわたしをかばって叱《しか》られる母の姿だ。しばらく耳が聞こえにくかったけど、そのうち治った。

そんなことは、家では何度もあったので、どこの家もこんなものだと思っていた。悪いことをすれば、どなられるし、叩《たた》かれる。「おかえり」を言わなかったときも、習い事が嫌《いや》だと言ったときも、地元の中学校に行きたいと言ったときも。

そうではないかもしれないと思ったのは、この話を聞いた香子が、変な顔をしたからだ。

「……わたしは、顔を殴られたことなんかないよ?」

香子んちは優《やさ》しいんだなあ、とわたしはひとしきりうらやましがった。あの痛みと、怖《こわ》さを知らないなんて。もっとも、香子はわたしと違《ちが》って親を怒《おこ》らせることなんてしないのかもしれない。

「そうかなあ」と、香子はひどく神妙《しんみょう》な顔をしてそう言った。わたしのほうは、軽い失敗談とか、それくらいのつもりだったのだけど。それでも、それ以来、わたしは人前でその話をすることはなくなった。

はっと目が覚めた。

暗い部屋に、蚊取《かと》り線香《せんこう》のにおいがする。あたりはしんと鎮《しず》まりかえっている。

――雷太は、どんなに痛かっただろう。

昼間見た火傷《やけど》の跡《あと》が目に浮《う》かんだ。平手打ちをされただけで、あんなに痛かったのに。怖《こわ》くて息ができないくらい泣いたのに。

眠《ねむ》れなくて、何度も寝返《ねがえ》りをうった。「ごめんね」と美鈴さんたちが謝《あやま》ったのが、わかった気がした。

翌朝、わたしがなかなか布団《ふとん》から出られないでいると、雷太が「おきろー!」と部屋に飛びこんできた。寝ぐせで前髪《まえがみ》がぴょんと跳《は》ねている。「こらっ」と言うと、雷太はきゃあっと笑って逃《に》げていった。

お盆《ぼん》が近くなるにつれ、寺を訪《おとず》れる人たちが増えてきた。

山の裏手、境内《けいだい》を見おろす場所に墓地があり、この土地に住んでいる人ばかりでなく、遠くに住んでいる親戚《しんせき》の人々もお参りにやってくる。美鈴さんや穂村さんは来客の応対に忙《いそが》しく、わたしや葉介もせっせとお茶出しの手伝いをした。

「……だからこれのどこがサマーステイだよ」と葉介はぼやいていたけれど、わたしの場合、そもそもの参加費が破格だったし、そのうえ、厚意《こうい》に甘《あま》えて期間を延長してしまっているので、役に立ててむしろ嬉《うれ》しかった。

雷太は人見知りをしてヤギのところへ逃《に》げてしまっていた。ようすを見にいくと、雷太が後藤さんに歌を歌ってやっているところだった。

「しーたかがないので、おーてがみかーいた」

ふたりして仲よくすだれの屋根の下で涼《すず》んでいる。

「……うーん、やっぱり後藤さんだけじゃ、ちょっと手が足りないかなあ」

葉介が除草の進み具合を見ながら言う。

「ねえ、どうしてビンゴやクララも連れてこないの？」

「それがなあ……。今、後藤さんだけ毎日、ここまで歩いて連れてきてるだろう？　正直、あと二頭、綱《つな》つけて引っぱってこられる自信がない。とくにビンゴ。あいつときどき言うこと聞かないから」

なるほど。

「――じゃあ、いっそみんなここに置いとくっていうのは？　なにか簡易小屋とか作ることって、できないの？」

葉介はまたうーんと言って頭を掻《か》いた。

「そうだなあ……今ある小屋の土台をばらして、軽トラになんとか、積みきれるかな……屋根は軽いもので代用したとして……」

一心に考えこんでいる。

本当にそうできたらいいのに。そのときは、わたしも手伝うからね、と言うと、葉介はうわの空で、「おう」と答えた。

結局、その後、三頭のヤギたちはここ宝山寺《ほうざんじ》に引《ひ》っ越《こ》してくることになった。平治《へいじ》さんの家の草はすでにほとんど食べつくされていたし、タケじいこと住職が直接かけあってくれたらしい。

「盆前《ぼんまえ》にきれいにならんと、あんたんとこも檀家《だんか》として恥《は》ずかしいだろう」

「なーにを言うかね。まあ、お布施《ふせ》の足しにしてくれて構わんよ」

平治さんは小屋を上手にばらして軽トラックに積みこみ、境内《けいだい》のすみに据《す》えつけてくれた。

雷太の喜びようといったらなかった。

「ここにいるの？　とまるの？　ビンゴも、クララも？」

ようすけも？　と聞かれて、

「ええ？　うん、まあそりゃ、おれとしてはそのほうが世話は楽だけど……」

ちらっとわたしを見る。

「大丈夫《だいじょうぶ》、葉介くんはぼくの部屋でいっしょに寝《ね》るからね」

穂村さんがしっかりとシャツの袖《そで》をつかみながら言い、葉介は、大丈夫ってなんだよ、とムッとした顔で応えた。


八月十三日、お盆《ぼん》の初日であるせいか、その日はとりわけ訪問客が多かった。駐車場《ちゅうしゃじょう》には遠方のナンバープレートを付けた車が停《と》まり、子どもを連れた家族連れの姿も多く見られた。このときばかりは、タケじいも穂村さんもきちんと法衣《ほうえ》を着て袈裟《けさ》をかけ、お勤めにいそしんでいる。同じく、今日は地味な服装をした美鈴さんもお客様のお相手に忙《いそが》しく、葉介とわたしは朝から台所で大量の麦茶を沸《わ》かしては、外の井戸水《いどみず》で冷やしつづけた。雷太はいつものように、ヤギたちのところへ逃《に》げてしまっていた。境内《けいだい》の目につく場所の除草はすでに終わり、今はもっぱら裏山のほうに移動していた。

やっかいごとが起きたのは、そんなときだった。

「……ねえちょっと、なあに、あのにおい」

お墓掃除《そうじ》に来たついでに境内《けいだい》をうろついていたらしい女の人が、本堂に戻《もど》ってきた。「あの、奥《おく》のほうにある小屋。いったいなんの動物がいるんですか?」ハンカチで鼻のあたりを覆《おお》っている。

「ああ、ヤギをお借りしているんですよ。草を食べてくれるんです」

美鈴さんがにこやかに答えた。「お掃除はこまめにしてあるはずなんですが……」

「そうですか? でも、ひどいにおいですよう。……あれじゃ、亡《な》くなったおじいちゃんも顔をしかめてるんじゃないかしら」

その声はわたしたちのいる台所にまで響《ひび》いてきた。葉介がさっと立ちあがり外を見にいく。

じつを言うと、少しだけ心当たりがあった。雄《おす》ヤギの、ビンゴだ。去勢はしてあるものの、どうしても雌《めす》に比べていろいろにおいがきついらしい。

わたしたちがたどりついたのと、その女の人がみんなをぞろぞろ連れてきたのと、ほとんど同時だった。

「ほうら、ね。ひどいにおいでしょ」

そうだろうか。言うほどひどくは感じなかった。ただ、学校によくある飼育小屋くらいの感覚だったが、それでも慣れていない人には気になるのだろう。

「それは、ご不快にさせて申し訳ありま――」

美鈴さんが言いかけたときだった。なにか黒いものがばらばらっと飛んできた。

「――くさくないもん」

雷太だった。木の陰《かげ》から顔をのぞかせている。

「ごとうさんも、ビンゴも、クララも、きれいだもん。ヤギのふんも、くさくないもん。えいようだもん」

「きゃっ。なにこれ」

雷太はさらに黒い粒《つぶ》をばらばらと投げつけた。

「あっちいけ。ぶたばばあ」

「雷太っ」

美鈴さんが声をあげる。騒《さわ》ぎを聞きつけ、穂村さんもやってきた。雷太がぱっと駆《か》けだした。わたしもすぐにあとを追う。後ろで、怒《おこ》る女の人を懸命《けんめい》になだめる声がした。

その晩、穂村さんと美鈴さんが、雷太を連れて昼間の女の人のところへお詫《わ》びに行くというので、わたしもついていくことにした。あの雰囲気《ふんいき》だと、またいろいろ言われてしまうかもしれない。謝《あやま》るのなら、いっしょに謝ろうと思った。

ところが、彼女《かのじょ》が滞在《たいざい》しているという檀家《だんか》さんの家を訪ねると、意外なことにわたしたちはていねいに迎《むか》え入《い》れられた。

「まあまあ、わざわざ恐《おそ》れ入《い》ります」

出迎えてくれたのはもともとその家に住んでいるひとり暮らしのおばあさんで、息子《むすこ》さんと、その奥《おく》さんと子どもたちとが帰省してきているらしい。

「小さい子どもさんのしたことなんだから、そんなに目くじら立てんでもぉ」

お寺さんにこんなことしてもらってはかえって申し訳ない、とおばあさんはそう言って、持参した菓子折《かしお》りも受けとろうとしなかった。

「いえ、こちらこそ、目配りが足りませんで……」

申し訳ありませんでした、と美鈴さんたちが謝罪するのに、昼間の女の人はどことなく居心《いごこ》地悪《ちわる》そうな顔で座《すわ》っていた。

「いえ、そんなべつに……」と言いながらちらりと雷太のほうを見やる。

この家のお嫁《よめ》さんだというその人は、由美香《ゆみか》さんという名前だった。小ぎれいな格好をして、なるほど雷太の言うとおり、ちょっとだけずんぐりしている。

「坊《ぼう》は、毎日ヤギさんのお世話しとるんだって？　えらいねえ。ああ、お菓子好きかね？　ほら、これ持っておいで」

おばあさんが手近な袋《ふくろ》にスナック菓子をいくつも詰《つ》めはじめる。人見知りの雷太はぎゅっと下を向いていたけれど、わたしはほっとしていた。よかった、思ったよりいい人たちなのかもしれない。

「いえ、そんな」と美鈴さんが遠慮《えんりょ》すると、おばあさんは「いいんですよう。ほら、遠慮せんで」と袋《ふくろ》を手渡《てわた》してきた。もらったお菓子《かし》の袋を抱《かか》え、それでも雷太がちょっと嬉《うれ》しそうにわたしを見あげてくる。よかったね、と小声で言うと、うんとうなずいた。

「……でも、お寺さんもたいへんですねえ、こうしていろいろ人助けなさったりして」

たいへん、の部分に器用にため息を織《お》りまぜながら、由美香さんが言った。

ふと見ると、ふすまの隙間《すきま》から小学生くらいの兄妹《きょうだい》が顔をのぞかせていた。彼女《かのじょ》の子どもたちなのだろう。小さく笑いかけると、ぴしゃんと戸を閉め、ばたばたと走り去っていく。

頭の芯《しん》がすっと冷えた。

——今のは、聞《き》き違《ちが》いだろうか。くすくす笑いの合間に、「ステゴ」という言葉が聞こえた気がした。

「この子はお寺でお預かりさせていただいているだけです。なにも特別なことはありませんよ」

穂村さんが穏《おだ》やかに説明したが、由美香さんは聞いているのかどうか、物思わしげに頬《ほお》に手を当てた。

「ほんとに、ねえ。そりゃ、子どもを育てるのはたいへんですよ、こんな時代ですもの。しっかり教育を受けさせて、ちゃんとした子に育てようと思ったら、お金も時間もうんとかかるし。若い親御《おやご》さんには手に余ることもあるかもしれないけど――。それにしたって、ねえ。こんな小さな子を……」

ふたたびため息が交ざる。こぉんな小さな子を――。

わたしは膝《ひざ》の上でぎゅっと手を握《にぎ》った。頭のなかは、さっきからずっとひんやりと冷めたままだった。早く帰りたい、と思った。

「でもね、いつかはきっと、よくなりますよ、この子もお母さんも。大丈夫《だいじょうぶ》、だって、子どもは天からの授《さず》かりものだもの。それを愛さない親なんていない。そうでしょう？」

由美香さんの視線の先には、七五三の子どもたちの写真がフレームに入って飾《かざ》られていた。ちまちまとお茶を取りかえるおばあさんの隣《となり》で、由美香さんはいとおしそうに我が子《わこ》の写真をながめている。

「うちではね、いつも言ってるんですよ、あの子たちに。お誕生日とか、そういう特別な日には、必ずね。――うちの子に生まれてきてくれてありがとう、このパパとママを選んで来てくれて、本当にありがとう――って」

そのとき静かな声がした。

「――なるほど。あなたはそのようにお考えなのですね」

穂村さんだった。組み合わせた指にじっと目を落としている。

「親として、お子さんがたを愛し、慈《いつく》しんで育てておられる。とてもすばらしく、尊いことです。――でも」その声にふと力がこもる。

「子どもが自分で親を選ぶことなど、ありませんよ」

穂村さんは静かに立ちあがった。

「そろそろ、失礼いたします」

美鈴さんも席を立ち、わたしも雷太の手を取りあとにつづいた。ちらりと盗《ぬす》み見《み》た由美香さんは、鼻白んだ顔をしていた。しきりと遠慮《えんりょ》するおばあさんにお菓子《かし》の包みを渡《わた》し、わたしたちはおいとました。

暗い道を、美鈴さんの車で帰った。穂村さんも美鈴さんも、言葉少なだった。車に揺《ゆ》られ、雷太はうとうとしはじめた。お菓子の袋《ふくろ》をしっかり抱《かか》え、わたしにもたれかかってくる。わたしも黙《だま》って車に揺られていた。

寺に着くと、留守番の葉介が「どうだった？」と出迎《でむか》えてくれた。「大丈夫《だいじょうぶ》だった」と答えると、ほっとした顔をした。タケじいは檀家巡《だんかめぐ》りからまだ戻《もど》っていないらしい。

これから数日間は一年でいちばん忙《いそが》しい時期だ。お参りする人も増えるだろう。

「明日は、ビンゴだけうんと遠くにつないどこうな」

葉介が鼻の頭を掻《か》きながら言った。

第七章　わるい草

朝の本堂に、カーン……と鈴《りん》の音が響《ひび》いた。厳《おごそ》かな空気のなか、ゆっくりと読経《どきょう》が始まる。

ここに来て以来、朝の勤行《ごんぎょう》にはわたしもたいてい参加している。

とくに信心深くもないし、自分の家の宗派すらよく知らないけれど、せっかくお寺にステイしているのだし――まあ、要するに気分だ。お経をあげる機会なんてふつうの中学生にはなかなかないし、いちおう、ここに来た初日に数珠《じゅず》――正しくは念珠《ねんじゅ》というらしい――をもらってあった。淡《あわ》いピンクの珠《たま》が並んだかわいいデザインで、ふだんはブレスレットのように手首にはめておいて、お勤めのときは四指のところに回す。パワーストーンみたい、と無邪気《むじゃき》に喜んでいたら、穂村《ほむら》さんに「ごめん、それプラスチックなんだ……」と言われてしまった。

サマーステイの新入りである葉介《ようすけ》も同じような念珠をもらって、今はわたしの隣《となり》、本堂の畳《たたみ》の上で正座している。手を合わせじっと目を閉じているけど、あれは絶対に寝《ね》ていると思う。

たしかに、お経というのは一本調子で、聞いていると頭がぼうっと空っぽになっていく気がする。それにひとつ驚《おどろ》きだったのが、タケじいこと、この宝山寺《ほうざんじ》の住職のお経《きょう》を読む声が思いのほかよかったということだ。穂村さんのはまだ若々しいぶんあまり重みがなく、さらさらと耳を流れていく気がするのだが、タケじいの読経《どきょう》は、あたりの空気の流れを変えてしまうというか、整えてしまう。体の奥《おく》から共鳴して、自分も外の世界もすべてひとつながりになってしまうような気がする。だからそんなときはできるだけ頭を空っぽにして、自分のなかに声を響《ひび》かせておく。きれいな水の流れに体を浸《ひた》しているときの、あの感じにちょっと近い。

本堂の入り口のところでは、たいてい雷太《らいた》がうろうろとなかのようすをうかがっている。「おまえはこんなものに関わらんでもいいよ」といつもタケじいが遠ざけておくのだが、好きに遊んでこい、と追いはらわれてもしばらくたつと戻《もど》ってきてしまうのだった。本人は仲間に入りたいみたいなのに、なんでだめなのかよくわからない。

「縛《しば》りたくないからじゃないかな」

と穂村さんは朝食のあと、お皿を棚《たな》にしまいながら言った。

「あんな小さい子に、お世話になっているんだから信心しなければならない——っていうふうに、思ってほしくないんだと思うよ」

「そうよう」と美鈴《みすず》さんも口をそろえる。

「そんな交換《こうかん》条件みたいなケチ臭《くさ》いこと、御仏《みほとけ》だってなさらないわよ。――恩に着ることなんかない、子どもはみーんな、のうのうと生きてればいい……って、わたしが子どものころから、おじいちゃんが言ってた」

言いながら、洗ったふきんをパンと音をたてて広げる。

「――まあ、おかげで、誰《だれ》も跡《あと》を継《つ》ぐ人がいなくなっちゃったんだけど」

穂村さんが、「……じゃあ、ぼくは出かける準備を」と言ってすうっといなくなってしまった。「逃《に》げたわね」と美鈴さんがつぶやく。

「それ、美鈴さんじゃだめなんですか？　跡継ぎ」

「――わたし？　ムリムリ」

美鈴さんはひらひらと手を振《ふ》った。

「わたしは、無職で実家に居づらいからここに居座《いすわ》ってるだけ。こんな根性《こんじょう》なしに勤まらないって。檀家《だんか》さんにメーワク」

と言って笑った。

後片づけが終わってヤギたちを見にいくと、葉介が小屋の掃除《そうじ》を終え、水道で顔を洗っているところだった。蛇口《じゃぐち》の下に頭ごと突《つ》っこんでザブザブ水を浴びている。

「雷太は？」と尋《たず》ねると、あっちでヤギを見ているという。葉介はタオルで頭をごしごし拭《ふ》きながら、今ごろ大きなあくびをした。

「やっぱ眠《ねむ》いな、五時起き」

「さっき寝《ね》てたくせに」

「ああ、おれはあのとき『無』を観《み》ていた」

嘘《うそ》ばっかり。

「雷太が今朝からずっと、だーぶーだーぶー、って言ってるんだけど。やっぱりあれ、まねしてるんだろうな、お経《きょう》」

「外でじっと見てたもんね。やらなくていいって言われると、よけい気になるんじゃない？」

もし毎日いっしょに座《すわ》ってるように言われたら、きっと雷太はさっさと逃《に》げだすと思う。

わたしたちは並んでヤギのいるほうへと歩きだした。葉介にもさっきのタケじいの言葉を話してきかせると、彼《かれ》はへえ、と眉《まゆ》を上げた。

「——恩に着ることはない、子どもはみんなのうのうと生きてればいい——か。まともなこと言うじゃん、あのじいさん」

さすが腐《くさ》っても住職、と失礼なことを言う。向こうの草地で、雷太がヤギたちと遊んでいるのが見えた。

「葉介……の家もそうだった？」

「そうって？」

「あんまり親にうるさく言われるっていうか、恩に着せられるっていうか」

「うーん、どうかなあ。うちは小さい事務所やってるんだけど、跡《あと》を継《つ》げって言われたことはないかな」

「ふうん」

「でもまあ、いざとなったらわかんないぞ。恩に着せるな、期待するなって言っても、お互《たが》いそうは言ってられないし。——やっぱり、いろいろ考えるよ。家のこととか。……あんたみたいに、中学から私立の学校に行くやつもいれば、おれみたいに必死に公立にしがみついてるのもいるさ」

「…………」

と、ふと我に返った葉介が、急にあわてはじめた。

「——あっ、べ、べつに、今の、当てこすったりとか、そういうんじゃないからな。それぞれいろいろあるって言いたかっただけで。し、白桐《しらぎり》のお嬢様《じょうさま》とか、そういうこと言いたいんじゃなくて」

そのようすがおかしくて、「わかってるよ」と笑った。

「それに、べつにわたしはお嬢様《じょうさま》とかじゃないよ。白桐にもふつうの子、いっぱいいるし。うちもとくにお金持ちとかじゃないもの」

「そうかあ?」

「そうだよ。学費だって、お母さんが仕事再開してくれて、なんとか回してるんだから。ほんとは受験もそんな乗り気じゃなかったんだ。でも、そのほうが絶対、わたしのためになる、って……」


もう塾《じゅく》に行きたくない、と言ったときの父の顔は忘れられない。

受験クラスで、ずっと意地悪な女の子の標的にされてしまっていた。

五年生の一年間我慢《がまん》して、我慢できなくなって、本心を言った。

やっと言えた、と思ったら、ほっとして涙《なみだ》がこぼれた。

「夏芽《なつめ》」

呼ばれて顔を上げた瞬間《しゅんかん》、椅子《いす》から落ちるほど殴《なぐ》られた。

「おまえ、自分がどれだけ甘《あま》えたことを言っているのか、わかってるのか」

父の顔が変わっていた。

「お父さんもお母さんもおまえのために必死で働いているのに。それを裏切るのか」

ごめんなさい。ごめんなさい。

お金のかからない、地元の中学校に行きます。

「ふざけるな」

床《ゆか》に引《ひ》きずり倒《たお》された。

「だったらこれまでかかった学費を返せ。おまえにいくらかかったと思ってる。親の苦労を踏《ふ》みにじる気か」

見おろしてきた瞳《ひとみ》の冷たさに、震《ふる》えあがった。凍《こお》りつくほど恐《おそ》ろしかった。それは少し魚の目に似ていた。

わたしは悪いことをしたのだ。

きっと取り返しのつかないことをしたのだ。

じーんと耳鳴りがするなか、父の口がゆっくり動いた。

返せないなら、おまえはもう、ごはんを食べるな。


「――雷太！」

ふいに葉介が叫《さけ》んだ。

「それは食べさせちゃだめだ、ヤギが中毒を起こ――」

雷太が、クララの口もとに草を運んでやっていた。とがった緑色の葉先を、クララはもぐもぐと噛《か》んでいる。葉介がすごい勢いで走っていって、クララの口をこじ開けた。噛んだ草を指でかき出す。

「メヘヘヘヘ」

とクララが嫌《いや》がって暴れる。

「雷太、どれだけ食べさせた？　ここにあるだけか？」

雷太は青い顔をしてうなずいた。

「ほかには？　なにか草を採ってやったか？」

「……あ、あのながいやつ」

ひどくショックを受けたようで、声が震《ふる》えている。わたしは雷太の肩《かた》に手を置いた。

「──うん。あれはススキだ、問題ない」

葉介が手にしているのはシダだ。シダによく似た葉だった。

「ワラビとかゼンマイとか、シダ系の葉には毒があるんだ。たくさん食べたわけじゃないなら、大丈夫《だいじょうぶ》だろ」

ほっとしたように言う。生えているときは食べない草も、刈《か》ってしまうと知らずに食べたりするのだそうだ。

「クララはまだ若いから、出されるとついぱくっといっちゃうんだ」

雷太はすっかりおびえてしまっている。大好きなヤギに、自分が毒草を与《あた》えてしまったというのがショックだったのだろう。

「ごめん。ちゃんと教えてなかったおれが悪かった。おまえのせいじゃないよ」

ぽんぽんと頭に手を載《の》せる。と、雷太がはじかれたようにその手をはねのけた。

「……うそばっかり」

「雷太」

顔が青白く引きつっている。これまで見せたことのない顔だった。

「みんないう。おれのせいじゃないって。タケじいも。みんな。――うそばっかり」

そうじゃない。

ぜんぶ。

「ぜんぶおれがわるい」

おれなんか、いなくなればいいんだ。

雷太は葉介の手からシダの葉をむしり取ると、ぱっと裏山のほうへ駆《か》けだしていった。

すぐにあとを追いかけたけれど、小さな体はすばしこくて、あっというまに木々に隠《かく》れて見えなくなってしまった。名前を呼びながら捜《さが》したけれど、雷太は出てこようとしない。

「まいったなあ……」

山に入りこんだとしたら、ちょっとめんどうだ。小さな子どもがひとりで入って安全なところではない。谷や崖《がけ》もあるし、蛇《へび》やスズメバチだっている。

寺に戻《もど》り、連絡役《れんらくやく》のタケじいを残してみんなで手分けして捜すことにした。隠《かく》れるのが得意な子だから、万が一、見つけられないまま暗くなったりしたらたいへんなことになる。

「じゃあ、三十分ごとにここに集まろう」

集合場所を決めて、ふたりずつ行動する。

二度目の集合でなんの成果もなかったことを知ると、穂村さんと美鈴さんの表情が曇《くも》りはじめた。もう一度行ってみてだめだったら、役場か警察に連絡しようかとふたりで話しあっている。

けれど、幸いなことに、それからさほど時間を置くことなく雷太は無事見つかった。

見つけたのは、後藤《ごとう》さんだった。

三度目の捜索《そうさく》のとき、葉介が急いで山道を下りていったかと思うと、後藤さんに綱《つな》をつけて戻《もど》ってきた。ヤギはけっこう鼻がいいから、と言うのだけど、さすがに犬とは違《ちが》うと思う。ところが、後藤さんは進みはじめてすぐ、山道の手前で左にそれ、山とは違う方向へ向かっていった。とことこと歩いていった先は、寺裏の高台にある墓地だった。たくさん並ぶ墓石のなか、ひときわ大きくて新しい石の前で、べへへと鳴く。後ろをのぞいてみると、雷太が膝《ひざ》を抱《かか》えて丸くなって座《すわ》っていた。

全身から力が抜《ぬ》けるくらい安心した。葉介がすぐに「いたぞー!」と叫《さけ》ぶ。

「……雷太、後藤さんが迎《むか》えにきたよ」

「………」

ぎゅっとうつむいて目を合わせようとしない。のぞきこむと涙《なみだ》と鼻水で顔が汚《よご》れていた。

「──いっ、いた? いたって?」

べつの道を捜《さが》していた穂村さんと美鈴さんが、息を切らせて走ってくる。顔じゅうを汗《あせ》で光らせた穂村さんが、怖《こわ》い顔でずんずん近づいてきた。雷太がびくんとして後藤さんの後ろに隠《かく》れる。と、穂村さんは無言でぎゅうっと雷太を抱《だ》きしめた。雷太は最初驚《おどろ》いてじたばたしていたけれど、そのうち力を抜いておとなしくなった。遅《おく》れて美鈴さんもやってくる。こっちも、髪《かみ》がほつれてくしゃくしゃだ。穂村さんの背中からちょこんと顔を出した雷太を見て、にいっと笑ってみせた。

「……雷太、あんたの負けよ。このホテルには、泊《と》めてもらえないって」

そう言って、そばに立つ墓石をぺちぺちと叩《たた》いてみせた。

すっかり遅《おそ》くなってしまったので、お昼はみんなでカップ麺《めん》を食べた。久しぶりに食べるとすごくおいしく感じる。雷太も小さな手で器《うつわ》を抱《かか》え、夢中で麺をすすっていた。

「雷太、これ食べたら、ちょっと手伝ってくれないか。ヤギのお腹《なか》にいい草とか、葉っぱとか、集めるんだ。クララに食べさせてやろうぜ」

葉介の言葉に、雷太がぱっと顔を上げた。

「ほら、境内《けいだい》に大きなヤマモモの木があるだろ？　あれの葉は、ヤギが大好きなんだ。あと、ヨモギ。どっちも消化を助けてくれる」

雷太が目を輝《かがや》かせるのを見て、わたしはふと思いついた。

「……ねえ雷太。それ、『べんきょう』してみたら？　ヤギの体にいい草と、食べさせちゃだめな草。きっと葉介が教えてくれるよ。ちゃんと覚えたら、もう怖《こわ》くないでしょ？」

それを聞いた雷太の顔が、瞬時《しゅんじ》にぴかぴかのお日様みたいになった。

わたしたちはさっそくヨモギとヤマモモの葉を集め、クララに食べさせてやった。クララはしっぽをぴこぴこさせながら、もぐもぐと口を動かす。後ろでビンゴと後藤さんが、自分たちも欲《ほ》しがってベエベエと鳴き声をあげた。雷太が首をなでてやると、クララは甘《あま》えてぐいぐいと頭を押《お》しつけてきた。押されて雷太がすとんとしりもちをつく。

「うん。大丈夫《だいじょうぶ》、元気みたいだな」

と葉介が言う。雷太は立ちあがると、ぎゅうっと力いっぱいクララの首にしがみついた。

やきもち焼きの後藤さんが、大きくひと声「ベエエエ」と鳴いた。


「じゃあ、行ってきます。あとよろしくね」

一方の大人たちは、午後から大忙《おおいそが》しだった。タケじいと穂村さんと、それに今日ばかりは美鈴さんまで、法衣《ほうえ》に着替《きが》えて檀家《だんか》さんを回る。つぶれてしまった午前中の時間を取りもどそうと、大車輪で訪問先を回るらしい。

ヤギたちに草を与《あた》えたあと、留守番のわたしたちは本堂をきれいに掃除《そうじ》した。今日は夕食の準備も任されている。なに作る？　と聞かれたけれど、わたしに作れるものは限られている。

「カレー！　カレー！」

台所で食事の支度《したく》を始めると、雷太が喜んでぴょんぴょん跳《と》びはねた。

「生物部」の葉介は、わたしより包丁を使うのがうまかった。ひそかに敗北感にうちひしがれながら、わたしはサラダ用の野菜をちぎるのに精を出した。

途中《とちゅう》で鍋《なべ》をふたつに分けて、甘口《あまくち》と辛口《からくち》の両方作ることにする。お手伝いの雷太が、慎重《しんちょう》な手つきでルーを割り入れていた。

「ただいまあ」と美鈴さんたちが帰ってきたころには、みんなお腹《なか》がぺこぺこだった。穂村さんと美鈴さんとタケじいと、そしてわたしたち三人。みんなで食卓《しょくたく》を囲んだ。いただきます、と言うのも待ちきれずスプーンを握《にぎ》る。

「なんか、お寺でカレーっていうのも新鮮《しんせん》だな」

葉介のカレーは、ぜんぶ辛口《からくち》の大盛りだ。その上にさらにタバスコをかける。なんでもいいから、とにかく、辛ければいいのだそうだ。わたしはどっちも半分ずつにして、雷太はぜんぶ甘口《あまくち》。そこにほんのひとさじ辛口を足してもらって満足げだった。

「あっ、おじいちゃん。またそんなにかけて！」

タケじいがじょぼじょぼとお醤油《しょうゆ》を回しかけては美鈴さんに叱《しか》られている。穂村さんが、雷太に麦茶を注《つ》いで渡《わた》してやる。

「でも久しぶりですね、カレーなんて。前はよく作ってたのに。たしか美鈴さんは、スパイシーなのが得意でしたっけ。……あっ、もちろん、辛いのもおいしいんですけどね」

と言う穂村さんのお皿は、ぜんぶ甘口だった。美鈴さんはすました顔で「そう？」と言うと、せっせと辛口のカレーを口に運んでいた。

「ごちそうさまでしたー」

「みんな、ありがとう。おいしかったよ」

葉介とわたしでお皿を洗った。雷太はテーブルを拭《ふ》く係だ。ぜんぶ片づけ終わってようやくひと息ついたころ、茶の間の電話が鳴った。

タケじいはお風呂《ふろ》に行ってしまい、穂村さんはやり残した事務仕事を片づけに行っている。

雷太と葉介はヤギのようすを見にいった。美鈴さんが電話を取り、一言二言しゃべってすぐに笑顔《えがお》になった。

「――あっ、夏芽さんの。はい、こちらこそ、お世話になっております」

微笑《ほほえ》んでわたしにすばやく目くばせをする。

「ええ、ええ、とてもお元気にしていらっしゃいますよ。いえそんな、はい」

今替《か》わりますね、と言って受話器をさし出してきた。のろのろと受けとり返事する。

「――もしもし」

〈なっちゃん?〉

やわらかい声。母だった。

〈どう、元気にしてる?〉

「……うん、元気だよ。ちゃんとやってる」

父でなくてほっとした。久しぶりに聞く母の声はやっぱり懐《なつ》かしかった。

「あのね、お母さん、ここすごく――」

わたしが話しだすが早いか、母はさえぎるように口をはさんだ。

〈もう、いくら携帯《けいたい》にかけても出ないから、こっちに電話してみろって、お父さんが。——それでなっちゃん、あなた、そこではどう？　さっきの女の人——小宮《こみや》さん、ちゃんとあなたのこと見てくれてる？〉

「え？　う、うん……」

美鈴さんのことだ。気を利《き》かせて席を外してくれたらしく、姿が見えない。

〈そう、だったらよかった。それで、食事は？　ちゃんと消化のいいもの食べさせてもらってる？　——また、気持ちが悪くなったりしてない？〉

その口調に、引っかかるものを感じた。

「……お母さん、なにか言ったの？」

母はちょっとのあいだ黙《だま》った。

〈——うん、だから、お父さんがね。電話して、事情を話しておけって言うから。少し前に、あの小宮さんと電話で話したの〉

「いつ？　なにを？」

〈ええと、最初の週だったと思うけど……だから、あなたは胃腸が弱くて、よく食べ物を戻《もど》してしまうから、少し気をつけて見ていてもらえませんか、って——〉

聞いた瞬間《しゅんかん》、血が逆流するみたいだった。

わたしが無言でいると、母は言い訳するみたいにつづけた。

〈ごめんね、なっちゃん。このこと、あんまり話してほしくないのよね。でも、やっぱりちゃんと知っておいてもらったほうが……だって丸一か月もいるって言うし、あなたが倒《たお》れたりしたら困るでしょう？　向こうのかたにも、よけいなご心配をかけずに済むし〉

それ以上聞いていていたくなかった。

「――お願いだから、もうかけてこないで」

わたしはそのまま受話器を置いた。

やっぱりお母さんは、なにもわかっていない。そう思ったらすべての力が抜《ぬ》けた。

告げなかったのは、隠《かく》していたのは誰《だれ》のためだったというのだろう。

耳をふさいで、口をつぐんで、この小さな世界にひびを入れないように。

わたしはただ、母を悲しませたくなかった。それだけだったのに。

小さいころから、ずっと。

「夏芽ちゃん、お風呂《ふろ》先にどうぞー」

美鈴さんがひょいと顔を出した。電話が終わるのを見計らっていたみたいに、ぴったりなタイミングだった。なんだか、急にその笑顔《えがお》が信じられなくなってきた。母から電話があったことなんか、美鈴さんは一言も言わなかった。

「美鈴さん」

「ん?」

「……なんでもないです」

わたしはすいと背中を向け部屋を出ていった。

知られたくなかった。あんなこと、誰《だれ》にも。

わたしが食べたものを吐《は》くようになったのは、塾《じゅく》をやめたいと言ったころからだ。ごはんを食べるなと言われ、その日は本当に夕食を抜《ぬ》かれた。わたしはつぎの日も一日、ものを食べなかった。その翌日になると、さすがに具合が悪くなって学校で倒《たお》れ、そしたら今度は「なにを考えているんだ」と叱《しか》られた。食べるなと言っておきながらそんなことを言われ、小学生だったわたしは混乱した。

今ならわかる。あのときわたしは、父に謝《あやま》り許しを乞《こ》えばよかったのだ。言うことを聞きますからと泣いて悔《く》いればよかったのだ。

そしたら母も、叱られて泣かずに済む。わたしも夜中に布団《ふとん》で耳をふさいでいなくても済む。

結局、わたしは曜日を変えて塾《じゅく》に通いつづけ、そしてときどき食べたものを吐《は》くようになった。

最初は食べたことに対する罪悪感だった。テストの点が悪いととくにそうなった。お腹《なか》に物がたまっているとひどく落ちつかなくて、出すと少し安心した。

「ほら、なっちゃんの好きな物、いっぱい入れたよ」

母の作ってくれる塾のお弁当がとくにつらかった。

けれどこのころはまだ、両親には知られていなかったはずだ。吐くことはごくたまにだったし、志望校に合格してからはほとんど治まっていたから。

それがまた起こりだしたのは、中学校の入学式を迎《むか》えるころだ。わざわざ白桐の制服を着て家族で写真館へ行った帰り、父の会社の人たちにばったり会った。

「やあ、どうもこんにちは」

父は、外では信じられないくらい愛想《あいそ》がいい。その父が、会社の同僚《どうりょう》の人たちにこんなことを言っていた。

「――いやもう、教育費ばかりかかって。でも、本人がどうしてもって言うし、やっぱり、願いは叶《かな》えてやりたいじゃないですか」

わたしは虚《きょ》をつかれた。

そうだったの？　わたしが、希望したから？

それでも、父が言うからきっとそうなんだろうと思った。母も隣《となり》で微笑《ほほえ》んでいた。

やがて新生活が始まり、わたしは電車で学校に通うようになった。

そのうち、電車のなかで、知らない人にたびたび体をさわられるようになった。はじめは気のせいかと思って場所を移動したり、かばんでさえぎったりしていたけれど、それはやまなかった。だんだん電車に乗るのが怖《こわ》くなり、悩《なや》んだ末、母に相談した。母は心配そうな顔でなぐさめてくれたけれど、「お母さんは自転車通学だったから……」と、どうすればいいかは教えてくれなかった。

「──わざわざそんなやつのそばに乗らなければいいだろう」

話はいつのまにか父にも伝わっていた。

でも、電車はとても混んでいるし、どの人が怪《あや》しいかなんてすぐにはわからない。わたしが訴《うった》えると、父はますます不機嫌《ふきげん》そうな顔をした。

「もう中学生だろう、それくらい自分でなんとかしなさい。──みんなそうやって我慢《がまん》して、毎日電車に乗ってるんだ」

めんどうくさそうに答えられ、口をつぐんだ。ほんの一瞬《いっしゅん》だけ、父が怒《おこ》って、そんなやつ捕《つか》まえてやると言うのを期待したけれど、そんなはずはなかった。わたしは毎日ぴりぴりと張りつめて電車に乗った。電車を降りてからも油断はならず、しょっちゅう嫌《いや》な目に遭《あ》っては母に愚痴《ぐち》を言った。ある日、母がため息をついた。

「……変ねえ、お母さんはそういうのぜんぜんなかったけど」

なっちゃん、ちょっと気にしすぎなんじゃない？

少し困った顔に笑《え》みを浮《う》かべそう言った。

やがて、わたしは再び吐《は》くようになった。今度はとうとう、母に見つかってしまった。

母は、わたしが吐くのは、なにか胃腸の病気によるものだと信じて疑わなかった。

「なっちゃん、ほらこれ、お腹《なか》にいいんですって」

でも、お母さん。……これは、そういうんじゃないかもしれない。

「そんなこと言わないで、ねっ」

母は理解してくれなかった。いや、もしかしたら、理解したくなかったのかもしれない。

だって母は、わたしを一度も病院に連れていこうとはしなかったから。

お風呂《ふろ》を済ませ、部屋に戻《もど》ってぼうっとしていると、タタタッと足音がして障子がぱっと開き、またすぐにぴしゃんと閉まった。廊下《ろうか》で声がする。

「なつめ。はいっていいですか」

雷太だった。とてもそんな気分じゃないのに。ため息をつきながら「……どうぞ」と言うと、障子が開いて、雷太が廊下《ろうか》にきちんと座《すわ》っていた。隣《となり》に葉介もいる。

「……きょうは、かってにいなくなってごめんなさい。さがしにきてくれて、ありがとう」

神妙《しんみょう》な顔で口上を述べるみたいに言った。葉介がぽんとその肩《かた》に手を置く。

「穂村さんたちには、もうさっき言ってきたんだよな？」

うん、とうなずく。

「ごとうさんにも、ありがとうっていった」

「そう。——ちゃんと言えて、えらかったね、雷太」

気のない調子で返事すると、葉介が、ちょっと外出てみないか、と表を指さした。すると雷太が目を輝《かがや》かせ、待ちきれないようにぴょんと立ちあがった。


外はもう真っ暗で、足もとを懐中《かいちゅう》電灯で照らしながら歩く。

「どこ行くの？」と尋《たず》ねると、すぐそこ、と言う。雷太は葉介の周りをぴょこぴょこ跳《と》びはねるように歩いていく。ときどきふたりでしめし合わせるように顔を見あわせている。

昼間、後藤さんたちが草を食べていたあたりまで来ると、葉介は懐中電灯の明かりを消した。

「なつめ、みて」

雷太が得意そうに空を指さす。

「あれ、――あわのがま」

「天の川だよ」葉介が苦笑《くしょう》する。「ほら、あのぼうっと白っぽいところ」

指さす先に、夜の空が広がっていた。

漆黒《しっこく》の闇《やみ》を背景に、降ってきそうな星、星、星。

そのあいだを流れるように、霞《かすみ》のような白い光がにじんでいる。

あれが、銀河。――天の川。

「……初めて見た」

「今日は新月みたいでさ。よく見えるだろ?」

わたしは上を向いたまま うなずいた。

「……すごい」

ほかの星々も光の粒《つぶ》がひとつひとつ際立《きわだ》って、ちかちかと瞬《またた》いているところまで見えそうだった。闇が濃《こ》いせいだろうか。足もとが暗くて、じっと見あげていると、星と自分との距離《きょり》感《かん》がわからなくなってくる。すぐそばで雷太の声がした。

「おれたち、さっきみつけたから、なつめにもおしえてあげようっていったの」

「そうそう。——で、こんなのも持ってきた」

葉介が地面にがさがさとなにか敷《し》きはじめる。さっきから手になにか持っていると思ったら、新聞紙だった。

「せっかくだから寝《ね》っころがって見たほうがいいんじゃないかと思って」

「ねー」

ふたりともやけに手柄顔《てがらがお》だけど、古新聞というあたりがいまいちな気がする。そういえば葉介は男子クラスだと言っていた。

準備された敷物《しきもの》に横になると、カサカサと鳴る新聞紙の下で、やわらかい草の感触《かんしょく》がした。顔の横にしろつめ草の白い花がぽつぽつと浮《う》かんでいる。雷太が隣《となり》にころんと寝ころんできた。首をひねって、ちょっと困った顔でわたしを見る。

「——あのね、ここね、ごとうさんたちがひるまうんこしたからね、それでしんぶんなんだよ」

「…………」

「ばか雷太、女子にうんこって言ってるとモテないんだぞ」

「…………」

「ちょっ、違《ちが》うでしょ、雷太はばかじゃないよ、ばかって言う人がばかなんだよ」

「自分が言ってんじゃん」

ぷすっ、と音をたてて雷太が笑った。

「どっちもいった。みんなばか」

「ばれたか」と言って、葉介がごろんと反対の端《はし》に寝《ね》ころぶ。

「──自慢《じまん》じゃないけどおれは、ちょっと右に出る者のいないバカだ」

「いばらないでよ、ばかね」

「だから、ばかって言うやつが──」

たまらず雷太が笑いだす。「なつめも、ようすけも、へーん」と言って足をばたばたさせて笑いころげている。わたしたちもいっしょに笑った。どんなに笑っても、こんな山のなかでは叱《しか》られたりしない。小屋に入ったヤギたちが、声を聞きつけてベエベエ鳴きだすくらいだ。

地面に寝るなんて、いつ以来だろう。

あたりはすっかり闇《やみ》に溶《と》けて、目を閉じてもわからない気がする。

わたしは目を閉じてみた。耳と鼻と肌《はだ》を働かせる。

新聞紙のぱりぱりした感触《かんしょく》。インクのにおい。

青い草と、湿《しめ》った土のにおい。

かすかに混じるお線香《せんこう》の香《かお》り。
どこかで寝《ね》ぼけた蟬《せみ》が鳴き声をあげた。雷太がくすくす笑っている。
小屋のなかで、ヤギのひづめがことこと音をたてる。
ゆっくり目を開ける。
飛びこんできたのは、満天の星と、天の川。
どれもぜんぶ知っている。けれど、どれもぜんぶ新しい気がした。

第八章　小石

翌朝も、境内《けいだい》の清掃《せいそう》から一日が始まった。

「おはよう」

葉介《ようすけ》と雷太《らいた》は目をこすりこすり現れた。昨夜《ゆうべ》は雷太があのまま眠《ねむ》ってしまい、葉介が背負って連れ帰ったのだった。

「昨日は、いいもの見せてくれてありがとう」と言うと、ようやくぱっちり目を覚ました葉介が、「なんのなんの」と言って手を振《ふ》った。「なんのなんの」雷太もまねをする。わたしはぷっと吹《ふ》きだした。これとよく似たしぐさをする人を知っている。

香子《かこ》は、元気かな。

久しぶりに声が聞きたくなった。あとで電話してみよう。

引きつづきお盆《ぼん》の期間中につき、タケじいや穂村《ほむら》さんは今日も一日出かけているという。美《み》鈴《すず》さんも、来客の予定やさまざまな用事で出たり入ったりらしい。

「一時間で戻《もど》るから。ずっとほっといて、ごめんね」

これが終わったら、なにか楽しいことやろうね、とすまなそうに言って出かけていった。

「——さてと、じゃあこれから、なにすっかな」

ヤギたちを外につないで、小屋掃除《そうじ》も終えた葉介が言う。

「宿題でしょ」

こんなときにこそ片づけておかなければ。「まじめだな」と葉介が顔をしかめる。

「おれもべんきょうしたい」

「そうかそうか。じゃあ、おれたちの勉強に行こうぜ。毒のある草、教えてやる」

ふたりでとっとと裏山のほうへ逃《に》げていってしまった。

「もうっ」わたしはひとりで留守番しながら、宿題を片づける。合間に香子に電話をしてみたら、家族と新幹線で移動中だった。おばあちゃんの家に行く途中《とちゅう》だという。「また、……んわ、するからね！」と、とぎれぎみの声で、それでも元気に言ってくれた。


一休みしようと台所で麦茶を飲んでいると、表で「すみません」と声がした。行ってみると、男の人がひとり、本堂の前に立っていた。この辺では見たことのない人だ。

「——あのう、ここのお寺の人ですか？」遠慮《えんりょ》がちに微笑《ほほえ》みながら尋《たず》ねてくる。

「いえ、わたしは留守番で。お参りのかたですか？」

そういう人が訪ねてきたら、本堂の帳面に名前を書いてもらって、墓地のある場所をお知らせするようにと言われている。

「いやいや、そういうわけじゃないんですけど……」

男の人は如才《じょさい》なく笑《え》みを浮《う》かべると、ちらりとわたしの後ろをのぞき見た。

そのときふと、嫌《いや》な感じがした。なんだろう。

わたしは男の人をじっと観察した。まだ若い。派手すぎず地味すぎず、ごくふつうの格好だ。言葉もていねいだし、愛想《あいそ》もいい。でも――。

「――あのう、ちょっとお尋《たず》ねしますが、ここのお寺に、小さい男の子がいませんか？」

ぴりっ、と肌《はだ》に緊張《きんちょう》が走った。

「……男の子？」

「ええ、そう。五歳《さい》くらいの子で」

――雷太のことだ。でもあの子は小柄《こがら》で、ぱっと見、やっと四歳くらいにしか見えないというのに。

だめだ、この人を雷太に会わせてはいけない。直感でそう思った。でも、なんて答えればいい？

ちょうどそのとき、車の音がして、美鈴さんの白い軽自動車が入ってきた。

「――あっ、今帰ってきました。ちょっとお待ちくだ……」急いで車に駆《か》けよろうとすると、すぐにドアが開いて美鈴さんが降りてきた。

「あら、お客様？　――すみません、お待たせいたしました。お参りのかたですか？」

にこやかに男の人のほうへ近づいていく。わたしが必死で送った目くばせに気づいてくれたかどうか。男の人はほっとしたように、美鈴さんにも同じことを尋《たず》ねた。

「あのう、たいへんつかぬことを伺《うかが》いますが。ここに五歳《さい》くらいの男の子が預けられてるって、聞いたんですが……」

「男の子？　……さあ、ここにそんな小さな子はおりませんが」

美鈴さんが答えた。

「十六歳の男の子なら、おりますけど。ちょうどお寺のサマーステイに、中高生の子たちが来てくれてるんですよ」にこやかにそう言ってわたしのほうを見る。視線で行け、と言われている気がした。

「檀家《だんか》さんにはお孫さんが遊びにいらしているお宅も多いので……ひょっとしてその子たちのことかしら」

男の人はとまどったような、不満げな顔をしている。わたしはぺこりと頭を下げると、わざとぶらぶらと庫裡《くり》へ戻《もど》った。それから建物の裏側へ来ると、葉介たちのいるほうへ猛《もう》ダッシュで走った。走る道々、あの男の人に感じた違和感《いわかん》の正体に思いいたった。あの人は、あんなににこやかなのに、口と頭がべつべつに動いてる。たぶんふつうは気づかない。でもわたしは、ほかにもそういう人を知っていた。

雷太と葉介は、山道の途中《とちゅう》にいた。わたしがハアハア言いながら駆《か》けよってくるのを見て、雷太が「なつめー！」と声をあげた。

「しーっ！」とっさに口もとに指を立てて雷太を黙《だま》らせる。雷太がきょとんとした顔をする。

「あっ、あのね……」どうしよう。ほとんど確信していたけど、あの人はたぶん雷太の父親だ。

（火傷《やけど》は、父親のやったことらしい）

大人たちはとても気をつけていたけれど、それでも少しずつ漏《も》れ聞《き》こえてきた情報を集めて、今ではわたしにもうっすらと状況《じょうきょう》がわかっていた。

（母親は雷太を連れて逃《に》げたけど、小さな子連れでは求職もままならず、つらい生活だったらしい。つねった跡《あと》は、母親だ）

（たまたま住職と会い、寺に預けて姿を消した）

その父親が、すぐそこに来ていることを知ったら、雷太はどんな気持ちになるか。

「——いっ、今ね、お寺に、すごく悲しい気持ちの人が来てるの。仏様に、静かにお参りしたいんだって。だから、子どもがきゃあきゃあ騒《さわ》いでると、よくないでしょう？」

今はちょっとだけ、静かにしてようね、と言うと、雷太はこくっとうなずいた。

「じゃあ、お山のほうに行ってみよっか。雷太、どんな草覚えたの？」

雷太は元気よく「うん」と答えようとして、あわてて立てたわたしの人さし指に気づくと、小声で、うん、と返事した。

——クズ、メドハギ、シロツメクサ、ススキ。

道々、雷太は覚えた草の名前をつぎつぎ挙げていく。

「これはすきなくさね。たべちゃだめなのはね、ヒルガオ、アジサイ——」

わたしたちはそうしてたっぷり時間を潰《つぶ》してから、寺へ戻《もど》った。

あとで誰《だれ》もいないときに美鈴さんにこっそり尋《たず》ねてみたのだが、「ごめんね、あなたをこんなことに巻きこんでしまって」と言うだけで、それ以上話してはくれなかった。

「——なんで謝《あやま》るんですか」

なんだか腹が立った。

「ちゃんと話してください。雷太のことだけじゃなく——ほかにももっと、いろんなこと」

美鈴さんがきゅっと表情を引きしめる。わたしの顔を見て、それからほっとため息をつくと、「少しだけ、考えさせて」と言った。

その夜遅《おそ》く、雷太が眠《ねむ》ってしまったあと、わたしと葉介は、穂村さんと美鈴さんから話があると言って本堂に呼ばれた。

「……今日来た男の人は、おそらく雷太くんのお父さんだと思う」

穂村さんが告げた。葉介が驚《おどろ》いて目をみはる。やっぱり、とわたしは目をふせた。

そのほかのことについても、話せる範囲《はんい》で教えてくれた。

雷太の両親のことも、火傷《やけど》やあざのことも、だいたいわたしの思っていたとおりだった。ひとつだけ知らなかったのは、雷太とお母さんは、あの人からずっと逃《に》げまわっていたということだ。居所を知られないように、いつも細心の注意をはらって動いていたという。

「いったい、どうやってここを調べたのかしら……」

美鈴さんが気づかわしげに眉《まゆ》をひそめていた。

「……まあ、おそらくここに来ることはもうないだろうと思うけど」

くれぐれも、あの人がやってきたことを雷太には言わないように、と念を押《お》された。

初めて事情を知らされた葉介は、かなりショックを受けたようすだった。すぐに部屋に戻《もど》る気になれないのか、庭に下り立ち、じっと外をながめている。わたしも少し離《はな》れて渡《わた》り廊下《ろうか》に立っていた。「……許せねえな」葉介が低い声で唸《うな》るように言った。これまで見たことないような険しい顔で拳《こぶし》を握《にぎ》っている。

葉介は雷太を弟のようにかわいがっている。怒《いか》りを覚えても無理はない。けれど、あの気のいい葉介も、怒《おこ》るとこんな顔をするんだと思ったら少し怖《こわ》くなった。

「くそっ、おれがその場にいたら――」

「……ひたら、あんだって？」

その声にふり返ると、タケじいが棒付きのアイスを咥《くわ》えて立っていた。

「――ははあ、さては、おまえさんもおんなじことをするのか、あの男と？」

アイスの棒を手に持ち、にたりと笑ってみせる。

葉介の頬《ほお》がさっと赤くなった。「おれはべつに――」

タケじいはふんふんと鼻歌を歌いながら、そのまますたすたと歩いていってしまった。

つぎの日はなんとなく、心がざわざわと落ちつかない日だった。投げこまれた小石が池に波紋《はもん》を広げるように、平和で静かなこの山寺の日常がわずかに揺《ゆ》らいでいる。

その日はヤギたちもなぜか落ちつきがなかった。

クララが小屋の壁《かべ》で鼻をすりむき、後藤《ごとう》さんは水入れをひっくり返し、そしてビンゴは、耳を虫に刺《さ》されたらしく、しきりと首を振《ふ》っていた。葉介がクララとビンゴに薬を塗《ぬ》ってやり、耳を気にするビンゴをなぐさめようと、雷太がその体に小さな手を伸《の》ばしたときだった。

ふいにビンゴが頭を下げて数歩退いたかと思うと、そのまま勢いをつけ、前に立つ雷太の体をドンと突《つ》きとばした。ぶつかられた雷太はころころと草地の上に転がった。一瞬《いっしゅん》、なにが起こったのかわからなかったのだろう。一拍置《いっぱく》いて、わあっと激しく泣きだした。

「雷太！」

「雷太、大丈夫《だいじょうぶ》か？」

わたしたちが駆《か》けよると、ビンゴが、ビンゴが、と泣きじゃくっている。当のビンゴは涼《すず》しい顔で、むしゃむしゃと草を食べている。

「ごめんごめん、すっかり油断してたな。最近は悪い癖《くせ》も治まってたから、つい」

葉介が謝《あやま》るのに、雷太はすっかりおびえてしまったようでなかなか泣きやまない。

とくに怪我《けが》はしていなかったので、しばらくほっとくか、と葉介は小屋の掃除《そうじ》に行ってしまった。声を聞きつけた美鈴さんが、台所から野菜くずをたくさん持ってきてくれた。

「ほら、雷太。これ食べさせてあげて」

ニンジンのヘタやトウモロコシの皮など、ヤギたちの好きなものばかりだ。雷太はようやく涙《なみだ》を拭《ふ》いた。

「はい、ごとうさん、どうぞ。はい、クララ」

雷太はすっかりビンゴを無視することに決めたようだ。自分だけおいしいものをもらえないビンゴが、ベエベエ抗議《こうぎ》の鳴き声をあげる。

「雷太ったら。かわいそうだよ」

わたしの言うのにも、ぷいとそっぽを向いて聞こうとしない。怒《おこ》ったビンゴがさらにうるさく鳴きたてた。ベエエエ。ベエエエ。

「もうっ、ビンゴうるさい！　あっちいけ！」

小石を拾って投げつける。コン、と首に当たった。ベエエエエ！

「――こらっ、雷太！」

いつのまに戻《もど》ってきたのか、葉介が怖《こわ》い顔で立っていた。

「生き物の世話をする人間が、そんなことやっちゃだめだろ。つつかれても、蹴《け》られても、ちゃんと同じように世話してやるんだ。――それができないなら、生き物になんか、関わるんじゃない」

「……ばか……」

厳しく言われて、雷太の顔がみるみるゆがんでいった。

「え？」

「――ようすけの、ばかあっ！」

叫《さけ》ぶなり、足もとの小石をつぎつぎ拾いあげてはバラバラと投げつけてくる。そのままわあっと激しく泣いて走りだそうとするのを、わたしはとっさにつかんで止めた。

「はなせ、はなせえ」雷太は顔を引きつらせすごい力でじたばたもがいている。これがあのおとなしかった雷太かと思ったら、ちょっとひるんだ。

「ばかばかばかばかばかようすけのばかビンゴのばかっ。みんなきらいだきらいだきらいだきらいだ……」

わたしは胸がどきどきするのを抑《おさ》え、ぎゅっと小さな体を抱《だ》きしめた。勢いですとんと地面にしりもちをつく。雷太はひどく熱いかたまりみたいだった。必死で耳もとに語りかける。

「――雷太、ねえ雷太、聞いて。逃《に》げないで、ちゃんと言ってごらんよ。どうしたの、なにが嫌《いや》だったの？　ビンゴのこと、もう嫌《きら》いになった？」

雷太は息もできないくらい泣きじゃくっている。

「葉介も、言いたいことわかるけど、ちょっと厳しすぎだよ。雷太まだこんなに小さいんだよ。あんな大きなビンゴにぶつかってこられたら、怖《こわ》いに決まってるでしょ。そんな簡単に気持ちが切りかえられるわけないじゃない」

わたしに叱《しか》られ、葉介も、ううっと黙《だま》りこむ。

「……だっ、だって、っ、お、おれ、……ううっく、――ビ、ビンゴの耳、よしよしって、し、して、してあげよう、って」

「……うん。そうだね」

なぐさめてあげようと思ったんだよね。雷太は、うう、としゃくりあげながらうなずく。

「し、し、したら、ビッ、ビンゴが、ビンゴが……」

「ぶつかってきたんだ」

「うっ、うっうっ……」懸命《けんめい》にうなずく。

「ビンゴったら、悪いねえ。雷太は優《やさ》しくしてあげようと思ったのにね」

「……っ、うっうっ、ううっ――うわあああん」

よしよし、と背中をなでながら、泣きたいだけ泣かせておくことにした。小さい背中が震《ふる》えているのが伝わってくる。きっと今まで、いろんなことを我慢《がまん》してきたんだろうな、と思ったらちょっとだけもらい泣きしそうになった。葉介が困ったような顔で立っている。

しばらくたったころ、ようやく雷太が落ちつきはじめた。

「ぶつかったとこ、まだ痛い？」

雷太はごしごしと目をこすりながら、うんとうなずいた。涙《なみだ》と鼻水でぐしょぐしょになっている。

「そっか。じゃあ……」

わたしは雷太のお腹《なか》をぐるんとなでた。

「……痛いの痛いのー、――ビンゴに、飛んでけー！」

さっと茶色いヤギを指さす。

雷太は一瞬《いっしゅん》きょとんとしてから、すぐに涙《なみだ》に濡《ぬ》れた目でキッとビンゴをにらみ、自分もまねをして手を振《ふ》りあげた。

「ビンゴに、とんでけっ！　いたいのいたいの、ビンゴにとんでけえーっ!!」

だいぶ元気が出てきたみたいだ。雷太はえいっ、えいっと何度も手を振りあげては、ビンゴに「いたいの」を飛ばしている。「ビンゴのばかっ」「うんこたれっ」ビンゴは知らん顔で草を食べていた。そばに葉介がぼうっと立っているのが目に入り、わたしはさっと向きを変えた。

「痛いの痛いの……、葉介に飛んでけ！」

葉介は一瞬ぎょっとしてから、すぐに「うっ」と胸を押《お》さえて痛がってみせた。雷太がうひゃっ、と笑い声をあげる。葉介、ナイス。

「ようすけにとんでけ」「うっ」「とんでけっ」「ううっ」「ようすけに」「ぐおっ」雷太はすっかり泣きやんでげらげら笑っている。わたしもいっしょに声をあげて笑った。

「よし、じゃあ、もっかいビンゴに飛んでけー！」

雷太がはっと顔をあげた。

「雷太の痛いの、ビンゴに飛んでけー！」

あんまり何度も呼ばれるので、ビンゴがうるさそうに「べへへへへへ」と鳴く。雷太はちょっと下を向いた。「ビンゴに飛んでけー」わたしがくり返し言うのに、もう雷太はついてこない。遠慮《えんりょ》ぎみに「ビンゴにとんでけ」と言ったきり、爪先《つまさき》で地面を蹴《け》っている。「あの、あのさ……」雷太はしばらくもじもじしたあと、「ビンゴには、もういい」と小声で言った。

わたしはわかった、とうなずいた。葉介のタオルで、顔を拭《ふ》いてやる。きれいになった顔で、雷太が恥《は》ずかしそうに笑った。

「よし、じゃあ、雷太の痛いの、――ぜーんぶ、あの山の向こうへ、飛んでけー！」

「とんでけーっ」

青い空と山の緑に向かって叫《さけ》ぶ。「……おれは、いいのかよ」と後ろで葉介がぼそっとつぶやいていた。


「じゃあ、行ってきます。お留守番、お願いね」

モノトーンの服に身を包んだ美鈴さんが、靴《くつ》を履《は》きながら言った。

「ほんと、今年は、助かるわあ」車に乗りこみ、すぐ戻《もど》るからね、と手を振《ふ》った。

雷太と葉介とわたしは、走り去る車を見送った。午後からの留守番を頼《たの》まれたのだった。

「だから、これのどこがサマーステイ……」

と葉介はぶつぶつ言っていたけれど、お盆《ぼん》の用事がぜんぶ終わったら、数日中に境内《けいだい》でバーベキューをやると知らされ、あっというまに機嫌《きげん》を直した。

することもないので、その午後は課題を済ませることに専念した。茶の間で問題集を解いていると、いっしょにノートを開いていたはずの葉介が、いつのまにか畳《たたみ》にひっくり返ってうた た寝《ね》していた。雷太もころりと横になってすやすや眠《ねむ》っている。

やれやれ。あんまり気持ちよさそうなので放っておくことにした。雷太のお腹《なか》にバスタオルをかけてやる。台所に麦茶を飲みにいったとき、開いた窓から、車のエンジン音が聞こえた気がした。のぞいてみると、山門の下の来客用の駐車場《ちゅうしゃじょう》に黒い車が停《と》まっている。来客だ、と思ったつぎの瞬間《しゅんかん》ぞくりとした。

石段を上ってきたのは、昨日来た男の人だった。

第九章　中くらいのヤギ

「はあーい」

「ちょっと、お待ちくださーい」

「今、行きまあーす」

葉介《ようすけ》がわざとのろのろ返事して時間をかせぐあいだ、わたしは寝《ね》ぼけ眼《まなこ》の雷太《らいた》をおんぶして、庫裡《くり》の裏口からそっと抜《ぬ》けだした。

ヤギたちのいる場所を抜け、裏の山道へ向かう。雷太はようやく目を覚まし、わたしの背中から下りて靴《くつ》を履《は》いた。バスタオルがはらりと地面に落ちる。急ぐあまり、そのまま持ってきてしまったようだ。一方わたしは、連絡用《れんらくよう》の携帯《けいたい》電話を置いてきてしまった。いまさら取りに帰るわけにはいかない。

急ぎ足で歩きながら、雷太がわたしを見あげてくる。

「なんで、そといくの？　あそこにいちゃだめなの？　だってこれまでも、おきゃくさんはたくさんきたじゃん」

もっともな言い分だった。雷太には、「特別大事なお客様が来たから、外へ行ってよう」と言ってあったのだが、はっきり目が覚めるにつれ、いろいろ矛盾点《むじゅんてん》に気づいたらしい。

「そ、それは……あのね、そのお客さんはね、こ、子どもを亡《な》くしているの。わかる？　死んじゃった、ってこと。だから、小さい子を見たり、声を聞いたりするのが、まだとてもつらいんだよ」

苦しい言い訳だった。たとえ嘘《うそ》でも、関係のない子をこの世にいないことにしてしまったことが心苦しい。本堂の仏様に、心のなかでごめんなさいと手を合わせる。けれど雷太は、それで納得《なっとく》したようだった。

「あのね、こっちにヤギのすきなはっぱ、あるよ。とってかえろう」と、うきうき前に立って歩きだした。わたしはそのあとをついていきながら、必死に頭を働かせていた。

——あの人は、なんでまたここに来たのだろう。しかもこんなにすぐに。

そこでハッと思いあたった。……集落の人たちだ。雷太のことは、外で畑仕事をしている人に聞けばすぐにわかるのだ。だってわたしたちは、一軒一軒《いっけんいっけん》訪ねてまわったのだから。

どうしよう。早く美鈴《みすず》さんたちが帰ってきてくれたらいいのに。

あの人のことはきっと葉介が止めておいてくれるだろう。けれど、もし雷太が、彼《かれ》が近くにいることを知ってしまったら――。

はじめは手も脚《あし》も細く、あまり口をきかなかった雷太。

今はバスタオルをマントのようにパタパタさせながら、元気よく山道を歩いていく。

この子に、もう絶対に怖《こわ》い思いをさせてはいけない。

と、雷太がタタッと走っていって、繁《しげ》みの前でふり返る。

「なつめー、ほらこれ、このくさ……」

そのとき、ブウン、と唸《うな》るような音がした。低く威嚇《いかく》するようなこの音。前にも聞いたことがある。

「……雷太」

ちらりと黒と黄色の縞模様《しまもよう》が視界をよぎった。ひやりとする。――スズメバチだ。カチッ、カチッとあごを鳴らし、警告音を発している。

「雷太、しーっ……」

人さし指を口に当て、そっと目を動かす。……大丈夫《だいじょうぶ》、まだ一匹《びき》だけだ。

「雷太、言うこと聞いて。いい？ そーっと体を低くして。ゆっくりこっちへ来て」

「なんで」

「いいから」

雷太は不審《ふしん》そうな顔をしながら、それでもそろそろと身を低くする。と、「あっ」と言って近くにあった草をぶちんと引《ひ》き抜《ぬ》いた。「これ、みんなにおみやげ」

ブン、と音が大きくなった。蜂《はち》が三匹《びき》に増えている。

「雷太っ」

と、そこで羽音に気づいた雷太が「わっ」と声をあげ、タタッとこっちへ走ってきた。ブウンと音がしてさらに蜂が追ってくる。わたしは雷太の肩《かた》からさっとバスタオルをはぎ取ると、その白い布をふたりの上にかけた。雷太を体の前でかばうようにしてゆっくりゆっくりその場を離《はな》れる。すぐそばを不気味に唸《うな》る低い羽音が高く低く旋回《せんかい》してゆく。焦《あせ》ってはだめ。自分に言いきかせながらじりじりと移動する。つぎの一歩を踏《ふ》みだしたとき、左の足首にじくりと鋭《するど》い痛みを感じた。

「痛っ……!」

悲鳴をあげかけ口を押《お》さえる。「なつめっ?」雷太がふり返ろうとするのを、そっと押しとどめて前へ進んだ。

ようやく安全なところまで逃《のが》れて、わたしは木の根もとに座《すわ》りこんだ。足首が赤くふくれている。ずきずきと痛みも強くなってきた。

「――おれ、ようすけよんでくる」

雷太がぱっと走りだす。

「雷太、だめっ」その手をつかんで止める。「行っちゃだめ。ここにいて」

「でも……」

「言うこと聞いて、雷太。お寺に帰っちゃだめ。お客に見られてしまう」

だんだん冷《ひ》や汗《あせ》が出てきた。ぎゅっと小さな手を握《にぎ》る。

「わたしは大丈夫《だいじょうぶ》だから」

と、雷太がするりとわたしの腕《うで》をすりぬけた。

「おきゃくにみられなければいいんだよね」

「雷太っ」

タタタッとわたしの手の届かないところまで駆《か》けていく。わたしはあわてて立ちあがりあとを追おうとしたが、すぐに痛みで座《すわ》りこんでしまった。刺《さ》されたところが赤く熱をもっている。

すると、少し行ったところで、雷太がくるりとふり返った。

「だいじょうぶ、こどもがいるってわからないようにするから」

自信たっぷりにそう言うと、どんどん山道を下りていってしまった。

「雷太……」

泣きそうだった。

どんなにうまくやったって、雷太は父親の姿を見てしまうに違《ちが》いない。ここはもう安全な場所でないと、あの子はずっとおびえて暮らすのだろうか。

嫌《いや》だ。そんなの、我慢《がまん》できない。わたしはぎゅっと膝《ひざ》を抱《かか》えて顔を埋《うず》めた。

と、そのとき、坂の下のほうで雷太の声がした。

「――メヘヘヘエエ――――ッ！」

わたしはぽかんと口を開けた。

……あの子ったら。

雷太が、ヤギの鳴きまねで寺に呼びかけている。

「メヘヘエ――！　メヘヘヘエエエ――！」

すごい。雷太。本物の子ヤギが鳴いているとしか思えない。

と、その声にヤギたちが反応して鳴きはじめた。

「ベエー」「べへへへへ」「べへへへエエ」「ベエエエエ」「ベエエエエエ」

やかましく鳴《な》き騒《さわ》いで、下ではちょっとした騒動《そうどう》になっている。

嘘《うそ》みたいだけれど、それからしばらくして、葉介が走って山道を登ってきた。あとから雷太もついてくる。

「大丈夫《だいじょうぶ》かっ」

ほっとして涙《なみだ》が出そうだった。葉介は持ってきた袋《ふくろ》からペットボトルを取りだすと、水で傷口をざあざあ洗い流しながら毒を絞《しぼ》りだしてくれた。濡《ぬ》れタオルを巻きつける。

そばでじっとのぞきこんでいた雷太が、にこっと笑った。

「おれ、ちゃんとできたでしょ？」

ヤギ小屋の向こうには行かなかったよ、と得意そうに言うのに、わたしはうん、うんとうなずいた。

「雷太、ありがと」

葉介はわたしをひょいと背中に乗せると、とっとと山を下りはじめた。

「穂村《ほむら》さんと美鈴さんが、飛んで帰ってきた。今ごろもう追い返してる。だから、大丈夫」

肩《かた》ごしにそっとささやいてくる。それから雷太に向かって言った。

「雷太、おまえ、すごいよ。天才だな」

葉介にほめられ、雷太はぱあっとお日様みたいな笑顔《えがお》を見せた。

寺に戻《もど》ると、わたしはすぐさま病院へ連れていかれた。あの男の姿はすでになかった。大人たちのあいだでどんなやり取りがなされたのかは知らされなかったが、あの人は当分ここへは来ないという話だった。

「それより夏芽《なつめ》ちゃん」

休日診療《しんりょう》で診察を終え、塗《ぬ》り薬《ぐすり》を出してもらって、病院の駐車場《ちゅうしゃじょう》に停《と》めた車に乗りこんだところで、美鈴さんがわたしに向きなおった。ひどく真剣《しんけん》な顔だった。

「あなたが、雷太のことを守ろうとしてくれたのはわかってる。その気持ちは嬉《うれ》しいし、とても感謝してる。——でも、もう絶対、こんなことはしないで」

すぐに助けを呼ばなきゃ、命に関わることだってあるのよ。厳しい表情でそう言った。

「……はい」

わたしは答えながら、それでもなんとなく釈然《しゃくぜん》としない気持ちでいた。

だって、自分ではけっこう、がんばったつもりだったのに。スズメバチだって、雷太が刺《さ》れないようにうまく対処したつもりだったのに。雷太とあの人を会わせないよう、なんとかもう少し我慢《がまん》するつもりだったのに。

美鈴さんの言うことは正しい。だって大人だから。大人の言うことは、たいてい正しい。

——でも、正しいのって、あまり嬉しくない。

と、美鈴さんがゆっくりとかぶりを振《ふ》った。

「……違《ちが》う、そうじゃないね。——もとはと言えば、わたしが悪い。もう大きいからって、あなたたちに任せて出かけてしまったわたしが、いちばん悪い。まさか昨日の今日であの人が来るとは思ってなかった。甘《あま》かった。そのせいであなたをこんな目に遭《あ》わせてしまった。本当にごめんなさい」

そう言って深く頭を下げた。

「でも、これだけはわかって。雷太も大事だけど、それと同じくらい、あなたも大事なんだから」

美鈴さんは、なんだかいつもより少し歳《とし》を取って見えた。白いシャツとグレーのスカートのせいかもしれない。いつも夏の花みたいな色の服を着ているのに。

「……お家《うち》のかたにも、電話して謝《あやま》らなくちゃね」

「──そんな、いいです！」

わたしはぱっと顔を上げた。

「言わなくてもいいです、ぜんぜん大丈夫《だいじょうぶ》だったし」

「そういうわけにはいかないわ。ちゃんと保護者のかたに報告しなくちゃ」

「でも──」

わたしはうつむいた。「今すぐ帰ってこい」そう言われかねなかった。

美鈴さんがエンジンをかけ、車を発進させた。小さな街はすぐに家並みがとぎれ、田圃《たんぼ》の緑が多くなる。美鈴さんが、つと手を伸《の》ばしてラジオのスイッチを入れた。知らない曲が流れはじめ、わたしたちはその曲に耳を傾《かたむ》けながらしばらく黙《だま》って車を走らせた。

「――ねえ。夏芽ちゃんて、お父さんとお母さんのこと、好き？」

ふいに美鈴さんが聞いてきた。

「――え？」

「わたしは、キライ。自分の両親」

そう言ってふふ、と笑う。

さっきまでと違《ちが》って、美鈴さんは女友達とでも話すような気楽な口調になっていた。わたしは美鈴さんの横顔をそっとのぞき見た。美鈴さんはやわらかな表情で前を向き、ハンドルを握《にぎ》っている。

「……親とか兄弟とか、家族が好きになれないって、けっこうツライのよね。――自分がすごくひどい人間みたいで」

「…………」

と、美鈴さんはちらっとこっちを見て、いたずらっぽく笑ってみせた。

「……カレー、大丈夫《だいじょうぶ》だった？　このあいだの」

「えっ？」

「吐《は》くとき、つらいのよね、あれ。いつまでも鼻の奥《おく》ににおいが残って」

ぎゅっと鼻にしわをよせ顔をしかめる。

「…………」

「あと、お蕎麦《そば》もやだったな、わたし。ほら、麺類《めんるい》って嚙《か》まずにすするから、長いまんまのが――」

「……途中《とちゅう》で止まっちゃう？」

「あはは、そうそう」

わたしたちはふたりでそっと笑った。

と、美鈴さんが言った。

「でも、今は、激辛《げきから》のカレーも、トムヤムクンだって、大好き」

だから、大丈夫《だいじょうぶ》。そう言って笑うと、上り坂でぐいとアクセルを踏《ふ》んだ。


寺に戻《もど》ったら、みんないっせいに玄関《げんかん》まで出迎《でむか》えにきた。

「夏芽ちゃん、本当に、無事でよかった……」法衣姿《ほうえすがた》のままの穂村さんが、心からほっとしたような表情で言った。痛みはあるけど腫《は》れもそんなにひどくなく、自分で歩けるので、あんまり心配されて面《おも》はゆかった。

雷太は冷たいタオルを持ってきてくれたり、麦茶を運んできてくれたりと、かいがいしく世話を焼いてくれている。

「雷太、さっきはありがとう。……葉介も」

わたしが改めて感謝の気持ちを伝えると、ふたりは「なんのなんの」と同じしぐさで手を振《ふ》った。

——あ。

それで思いだした。香子《かこ》に電話するの、すっかり忘れてた。

たいしたことはないと思っていたけれど、やはりスズメバチの威力《いりょく》はばかにできないらしい。その晩遅《おそ》くに、また足首がずきずきと痛みだした。なかなか眠《ねむ》れず、やたらとのどが渇《かわ》いてしかたないので、わたしは起きあがって台所にお茶を飲みに行った。冷たい麦茶でのどを潤《うるお》していると、本堂のほうから、ごく低く、読経《どきょう》の声が聞こえてきた。そっと廊下《ろうか》をのぞくと、向こうにぼんやり明かりが見える。

こんな時間にお勤めなんて。——タケじい？　それとも穂村さんだろうか。

「……夏芽ちゃん？」美鈴さんがひょっこり顔を出した。

「どうしたの？　もしかして痛みがひどい？」

心配そうに近づいてくる。わたしはさっと足を引っこめた。

「あ、いえ、そうじゃなくて。お茶を飲みに来ただけです。……でも」

あれ、誰《だれ》ですか？　と聞くと、「穂村さんよ」と答える。

「毎年、お盆《ぼん》の最後の日はああしてるの。――たぶん、朝まで」

美鈴さんはつかつかとよってきてわたしの脚《あし》にそっとふれた。

「やだ、熱もってる」

手早く氷をビニール袋《ぶくろ》に詰《つ》めはじめた。夜の台所にカラカラと音が響《ひび》く。

「――その我慢《がまん》は、自分を生かす我慢か。それとも殺す我慢か？」

「えっ？」

「昔、わたしがおじいちゃんに言われた言葉よ」

氷の入った袋をタオルで巻く。

「無駄《むだ》な我慢は体に悪いぞ――ってね。さあ、これで冷やして、もうおやすみなさい。なにかあったら、遠慮《えんりょ》なく言うのよ」

わたしを部屋まで送りとどけ、布団《ふとん》に入ったのを確認《かくにん》してからそっと出ていった。

わたしは、どうやら我慢強いほうらしい。

「夏芽ちゃんは、ほんとに我慢強《がまんづよ》いわねえ」

よそのお母さんや先生に言われるたび、それはただの社交辞令なのだと思っていた。もしもわたしが我慢強いとしたら、それはたぶん母譲《ははゆず》りなのだと思う。あの父とやっていこうと思ったら、並の忍耐力《にんたいりょく》では務まらない。自分の意志や都合などは、すべて後回しだ。

そういえばほかの子たちは、席替《せきが》えの結果が気に入らないと言っては泣き、遠足の班が嫌《いや》だと言ってはふくれ、宿題が多いと言ってはやらずに叱《しか》られたりしていた。信じられなかった。なんて幼稚《ようち》な人たちだと思っていた。

「万木《まき》さんて、心広いよね」

中学に入って、最初にそう声をかけてきたのが、香子だった。大きな眼鏡をかけた聡明《そうめい》そうな子だった。その澄《す》んだ瞳《ひとみ》でわたしの顔をのぞきこんだ。

「べつに替《か》わってあげなくてもよかったのに。あの人、勝手じゃない」

くじ引きで委員を決めて、結果が気に入らないとごねた子がいたのだ。

「うん。でも、わたしどっちでもよかったし。あんなので新学期早々、雰囲気《ふんいき》悪くなるのも嫌じゃない?」

本音を言えばもとの委員のほうがよかったけど、誰《だれ》かの恨《うら》みをかってまでやりたくはなかった。香子はわかる、と言うように眉《まゆ》を上げ、それからわたしたちは仲よくなった。お互《たが》いいろいろ違《ちが》っていたけど、香子とわたしはとても気が合った。本を貸し借りしたり、学校帰りに寄り道したり、不埒《ふらち》な大人のふるまいにいっしょに怒《おこ》ったりもした。大人びた彼女《かのじょ》は、ずっとあとに、わたしがときどき吐《は》いてしまうということを知っても、顔をしかめたりしなかった。あの学校に通ってひとつだけよかったのは、香子と友達になれたことだ。

腫《は》れた足首に氷を当てると、ひんやりとして気持ちよかった。痛みと熱がすうっと楽になっていく。こんなことなら、もっと早く冷やせばよかった。

(無駄《むだ》な我慢《がまん》は、体に悪いぞ)

ふっと体から力が抜《ぬ》けた。わたしは、いったいなにを我慢していたんだろう。もうずっと。

暗闇《くらやみ》のなか耳をすますと、ごくかすかに穂村さんの読経《どきょう》が聞こえてくる。

わたしはようやくうとうととまどろみながら、明日、香子に電話して話してあげよう——と思っていた。

第十章　山の晩餐《ばんさん》

「ようすけのおじいちゃん、これもとっていい？」

「おう、いいぞ。棘《とげ》に気をつけろよ」

雷太《らいた》が畑でナスを収穫《しゅうかく》している。うまくはさみで切れずに平治《へいじ》さんに手伝ってもらっていた。

忙《いそが》しかったお盆《ぼん》の日々も終わり、宝山寺《ほうざんじ》はようやく落ちつきを取りもどしていた。

約束どおり、今日は寺でバーベキューをすることになり、わたしたちは平治さんの畑で野菜を分けてもらっている。わたしと葉介《ようすけ》は丈高《たけたか》く繁《しげ》った葉をかきわけ、太い茎《くき》からトウモロコシを折り取っていた。今日もよく晴れて、二、三本採っただけで汗《あせ》が吹《ふ》きだす。

「足《あし》、大丈夫《だいじょうぶ》か？　まだあんまり動かないほうがいいんじゃ……」

葉介が聞いてくるのに、「だいじょう……」と言いかけ、やめた。腫《は》れはほとんど引いていたけれど、暑くなると痛む。というか、汗で痛痒《いたがゆ》くなる。「じゃあ、ちょっとだけ休むね」と断って、畑を抜《ぬ》け日陰《ひかげ》に移動した。ふせたコンテナに腰《こし》を下ろし、今採ったばかりのトウモロコシの皮をむいていく。

「なつめ、みてみて。こんなにとれた」

雷太がかごいっぱいのナスやトマトやキュウリを見せに来る。

「わあ、すごいね」どれも皮がピンと張って、いかにもつやつやと新鮮《しんせん》だ。

「おうい、坊《ぼう》。ピーマンも持ってけ」

「うぇえ、ピーマン?」と言いながら、それでも雷太は元気よく平治さんのほうへ駆《か》けていった。葉介がトウモロコシを抱《かか》えて戻《もど》ってくる。わたしの隣《となり》に腰を下ろし、自分もバリバリと皮をむきはじめた。

向こうの畑から、雷太の歌う声がする。「やぎさんゆうびん」はすっかり彼《かれ》のお気に入りだ。

——ごとうさんからおてがみついた。ビンゴさんたらよまずにたべた。

「……あいつさ、結局、どうなるんだろうな、これから」

「うん……」

もしも雷太の母親が迎《むか》えにこなかったら。そしたら、あの子が引き取られるのは——。わたしはふるふると首を振《ふ》った。そんなはずはない。子どもにたばこの火を押《お》しあてるような人に、渡《わた》すわけがない。でも、そしたら……。

「――もうさ、結婚《けっこん》しちゃえばいいんじゃないかな」

「ええっ⁉」

「穂村《ほむら》さんと、美鈴《みすず》さん。それで雷太を引き取ってもらって」

――びっくりした。びっくりする必要なんか、べつにぜんぜんないんだけど。

「嘘《うそ》。あのふたり、ぜんぜんそういうんじゃないと思うよ」

「そうかあ？」

「そうだよ」

葉介にはそういうのわかんないんだよ、と言ったら、「なに怒《おこ》ってんだよ」と言われた。

「お寺の若坊《わかぼう》さんは、もう結婚はしなさらんのじゃないかね」

ふいに後ろで声がした。

「うわっ」ふたり同時に声をあげる。

平治さんの奥《おく》さんの清子《きよこ》さんが、お茶のお盆《ぼん》を持って立っていた。おどかすなよばあちゃん、と葉介がずり落ちかけたコンテナに座《すわ》りなおす。

「もう、ってどういうことだよ」

清子さんは自分もコンテナを引きよせ、お盆を置いて腰《こし》を下ろした。

「あの人は、バツなんとかって、ほら。奥さんとは別れておられるから」

「そうなんですか?」

清子さんはわたしたちにお茶を勧《すす》め、自分も湯呑《ゆの》みを手に取りすすった。

「そう聞いとるよ。気の毒に、お子さん亡《な》くしてから、――やっぱりいろいろ、うまくいかんかったのかね。……気持ちがねえ、整理がつかんのやろ」

わたしと葉介は顔を見あわせた。

「――清ちゃん、もうそのへんにしとけ。よその家の話だぞ」

いつのまにか平治さんが戻《もど》ってきていた。「あらあら、そうでした」と清子さんが首をすくめる。葉介が「雷太は?」と聞くと、平治さんはむふっと笑って目で後ろを指した。

「坊《ぼう》なら、今あっちの畑で、こやしをまいとるよ」

「ああ、しょんべ……」と葉介が言いかけ、わたしに気づいてあわてて口をつぐむ。それを見ていた平治さんと清子さんが、ゆっくりと首を振《ふ》りながら、「……セイシュンじゃねえ」とつぶやいていた。


まだ日の残る夕方、境内《けいだい》には煙《けむり》と肉の焼けるにおいがいっぱいに漂《ただよ》っている。

日の高いうちから苦心して炭に火を熾《おこ》していた穂村さんは、首にタオルを巻いて網《あみ》の前につききりでみんなの食べるものを焼いている。

「はい、なつめ、ジュースどうぞ」

雷太が用心しいしい、紙コップに入れたオレンジジュースを運んできてくれた。

「ありがと」

足が痛むからという理由で、わたしはここで座《すわ》っていることを命じられている。べつにもう大丈夫《だいじょうぶ》なのに、と言ったけれど、目の前にどんどん肉や野菜がやってくるので、せっせとそれを口に運んでいる。ついさっきまで枝に生《な》っていた野菜は、どれも味が濃《こ》くておいしかった。美鈴さんも清子さんと談笑《だんしょう》しながら、もりもりと食べている。

このところ、吐き気《はけ》は鳴りをひそめていた。今のうちにと、わたしはひたすらもぐもぐと口を動かしつづけた。しっかりと噛《か》んでそれを飲みこんでいく。ここの光や空気や土や水を、できるだけ体に取りこんでおきたかった。

「久しぶりだなあ、焼き肉なんか。孫らが小さいときはよくやったもんだが。なあ、葉介」

ビールで顔を赤くした平治さんが言う。葉介は網《あみ》のそばで立ったまま、焼けた肉を片端《かたはし》からがつがつと口に押《お》しこんでいる。

「……みーんなちっさかったのに、あんなでかくなって。知ってるか？　坊《ぼう》」

そばにいる雷太の頭をくりくりっとなでる。

「あの兄ちゃんがおまえくらいのときな、蟬《せみ》の抜《ぬ》け殻《がら》、食っとったんだぞ」

「食ってねえよ！」

即座《そくざ》に葉介がふり返ってどなる。

「食っとったよう、なあ、タケちゃん」と隣《となり》のタケじいに話しかける。タケじいもビールを片手にうなずく。

「うん。食っとったなあ。あれはなかみのほうがうまいのに、と思って見とった」

わたしと葉介は肉をのどに詰《つ》めそうになった。

葉介がうんざりした顔をしてわたしのほうへやってきた。「ほんと、あのじいさんたちは……」と言って腰《こし》を下ろす。

空は少しずつオレンジ色に染まり、山の端《はし》はすみれ色の薄闇《うすやみ》に覆《おお》われはじめている。山のほうから夕風が吹《ふ》きはじめた。最近、早朝の掃《は》き掃除《そうじ》のとき、落ちて動かなくなった蟬《せみ》をよく見るようになった。

「……夏も、終わるな」

「…………」

気づかないようにしていることを言われてしまった。

〈夏芽《なつめ》は、いつ帰ってくるの？〉

昨日の電話で、香子《かこ》にも聞かれた。夏休みも、もう残り少ない。

家にスズメバチに刺《さ》されたことを報告したのだが、わたしはプログラムの最後までいていいことになった。電話で話したのが、住職の声の、タケじいだったからかもしれない。母が言うには、最後まできちんと修了《しゅうりょう》してくるようにと父は言っていたそうだ。

「葉介は、いつ帰るの？」

「そうだなあ……」手のなかの紙コップをくるくると回した。

「おれはまあ、ぎりぎりまでいたっていいんだけど、……後藤《ごとう》さんたちが」

「返しちゃうの？」はっと顔を上げた。

「学校から、トラックが来るから。その都合で」

思ったよりも早い日程を告げられた。うすうすわかっていた。ヤギが三頭に増えてから、境内《けいだい》の草は、もうほとんど食べつくされていたから。

雷太が走ってきた。

「ようすけ！　なつめ！　スイカわりするって、スイカ！」

顔いっぱいで笑いながら、ぴょこぴょこ跳《と》びはねている。葉介が立ちあがった。

「よし。おれが一発で決めてやる」「だめー！　おれー！」雷太があとを追う。

わたしはそれを見送りながら、皿の上ですっかり冷めてしまったトウモロコシにかじりついた。芯《しん》に歯を立て、ていねいに粒《つぶ》を外し、しっかりとかみしめ飲みこんだ。

その日の夕べのお勤めは、わたしと穂村さんだけだった。ビールでいい気持ちになったタケじいはぐうぐう寝《ね》てしまい、葉介は同じくいい気分の平治さんを家まで送っていった。今日はそのまま向こうに泊《と》まるという。

カーン——と鈴《りん》を鳴らしゆっくりと読経《どきょう》が始まる。

お線香《せんこう》の香《かお》りに混じり、さっき食べ物を焼いたときの煙《けむり》のにおいが、時折ふと鼻先に漂《ただよ》ってくる。わたしはじっと手を合わせていた。

穂村さんの読経は、静かだ。あまり波立たず、さらさらと流れる川のようだ。

「夏芽ちゃんは、いっしょに声に出して読んでみたりは、しないんですか?」

途中《とちゅう》、区切りのいいところで穂村さんがふり返って尋《たず》ねた。

「……いえ、わたしはべつに、そんな」

「声に出してみるのもいいものですよ」

と言ったものの、それ以上勧《すす》めることもなく、穂村さんは再び仏壇《ぶつだん》に向きなおり読経をつづけた。

わたしは一心に目を閉じ、手を合わせていた。

古い古い時代に編まれた、わたしにとってはなんの意味もなさない言葉の連なりに、じっと耳をすませる。信心する気なんてこれっぽっちもない。ただ、せめてこの澄《す》んだ流れが、わたしのなかの淀《よど》んだものをきれいにしてくれることを願っていた。

こういう考えかたはきっと違《ちが》うのだろう。前に穂村さんもそんな話をしてくれた気がする。でもわたしには、もうあまり時間が残っていない。

カーン……と再び音がして経《きょう》が終わった。手を合わせたまま一礼し、穂村さんが静かにふり返る。

もしかしたら、わたしは思いつめた顔をしていたのかもしれない。穂村さんはいっときわたしの顔を見て、それから、こんなことを言った。

「――せっかくだから、今日はひとつ法話を聞いていただきましょうか」

このところちょっとサボりぎみでしたからね、と微笑《ほほえ》む。

「さて、どんな話がいいでしょう」と少しのあいだ思案して、でも、もとから話は決まっていたようにも思えた。――ある小さな山寺に、と穂村さんは話しはじめた。

「ある小さな山寺に、ひとりの男が現れました。重荷を背負った愚《おろ》かな男でした。おのれの苦しみから逃《のが》れたくて、御仏《みほとけ》のお力にすがろうという、ただそれだけの身勝手な理由でした」

身勝手、という言葉にどきりとする。穂村さんは目をふせ静かに語る。

「――本当を言うと、べつに神でも仏でも、なんでもよかったのです。自分を楽にしてくれるなら、なんでも。それくらい身勝手でした。——さて、男はひたすら経《きょう》を唱えました。幾晩《いくばん》も座《すわ》りつづけ、唱えつづけ、声がかれ、足の感覚もなくなりました。つらければつらいほど徳を積んだ気がして、さらに望んで苦しい思いをしました。つらさに耐《た》えることで、すべてをなくしたかったのです。罪も、愚《おろ》かさも醜《みにく》さも、そして、そこにからめとられた自分自身も。——けれど」

そこでふっと微笑《ほほえ》む。ちょっと照れくさそうな表情だった。

「師は一言、『つまらん』と言いました」

苦行など、つまらん。その先に、御仏《みほとけ》はおわさん。

「師はこう言ったのです。——『どんなに行っても、その先には、〈我〉しかおらんよ』——と。それで男は悟《さと》ったのです。自分は一生、凡夫《ぼんぷ》のままなのだと」

穂村さんはそこでにこりと笑った。

「これで、話は終わりです」

「えっ」

そんなところで?

穂村さんはシュッと音をたてて立ちあがると、静かに本堂を出ていった。

翌朝、葉介が寺に戻《もど》ってきた。雷太が目ざとく見つけて駆《か》けよっていく。

「ようすけー！　みて、これ、いまからみんなにあげるの。ほら、スイカののこり」

昨日のスイカ割りでできた小さなかけらを見せる。そうか、とうなずく葉介はどことなく浮《う》かないようすだった。雷太がヤギたちにスイカを食べさせているあいだも、ずっと黙《だま》りこんでいる。

「……昨日、どうだった、ちゃんと帰れた？」

「ん？　ああ、なんとかね。じいちゃんが酒臭《さけくさ》くてまいったよ」

「そう……」

「──だーめ！　じゅんばん！」雷太が大声でヤギたちに言いきかせている。先に食べ終わったビンゴや後藤さんに、鼻先でぐいぐい押《お》され、つぎをねだられているのだ。

「トラックの来る日が決まった」ふいに葉介が言った。

「……嘘《うそ》。いつ？」

「三日後」

「三日後？」そんなに、すぐ。

「──はいっ、ビンゴはおおきいスイカね。ごとうさんは、ちゅうくらいの。クララは、ちいさいの。いい？」

雷太は、なんて言うだろう。

「まいったなあ……」

葉介は、はあーっと大きくため息をつく、こういうのは、考えてなかったよなあ、と、がしがしと頭を搔《か》いた。

わたしも、考えていなかった。

ヤギたちが行ってしまうそのつぎの日に、丸一か月に及《およ》ぶわたしのサマーステイも終わるのだということ。雷太にはまだはっきり告げていないこと。そして、――ここを離《はな》れて、あの家に戻《もど》るのだということ。

どれもぜんぶ、考えないようにしていた。

そのあと、小屋を掃除《そうじ》するあいだも、ヤギたちにブラシをかけるあいだも、わたしたちは黙《だま》りがちだった。わたしはぼうっとしてきれいな敷《し》きわらを水入れに突《つ》っこんでしまい、とうとう雷太に「どうしたの？」と聞かれてしまった。

「なつめ、あしがいたいの？」

「うっ、ううん、それはもう大丈夫《だいじょうぶ》」

「じゃあ、げんきがないの？」

「………」

あのね、いいことおしえてあげる、と言う。

「うたをうたうといいよ。かなしいときはね、すきなうたをうたうと、じかんがたつよ」

そう言って、ガーイガーイ、ガイレンジャー、と大きな声で歌う。葉介が顔を上げた。

「あれ、雷太の好きなのは、しろやぎさんくろやぎさん、じゃなかったのか？」

「それもすきだけど、ちょっと、こどもっぽいじゃん」と口をとがらせる。

「……なんか、おまえ最近、口が達者になってきたな。いつも、『しかたがないのに』を、『しかたがないのに』って歌ってるくせに」

「ようすけは、せみたべたくせに」

「食って、ね、え、よ」

本気でやりあっている。雷太が負けてないのがおかしくて、頼《たの》もしかった。

「雷太、ほら」わたしが手をさし出すと、雷太がぎゅっと握《にぎ》ってきた。反対側で葉介が同じように手をつなぐ。

「それっ」

高く腕《うで》を上げると、ぶらん、と小さな体が持ちあがった。きゃあっと雷太が声をあげる。

ふと、思いだした。

小さいころ、わたしも同じようにされたことがあった。

葉介とふたり、両側からぶらんこのように揺《ゆ》すってやると、雷太はきゃあきゃあ笑って喜んだ。

——まったく、幸せな瞬間《しゅんかん》がなかったわけではないのだ。

自分は恵《めぐ》まれていた、と思う。ひとつも愛されていなかったとは思わない。

——でも。

だからこそ、いっそう苦しい。

はしゃぐ雷太の声に、自分たちも構ってほしくてヤギたちがベエベエ鳴きはじめる。葉介が綱《つな》を外してやった。

「わあーっ！」

雷太が力いっぱい駆《か》けだした。いつのまにあんなに速くなったんだろう。ぽんぽんと跳《は》ねるように走っていく。後藤さんがすぐに追いつき雷太の前に回りこんだ。雷太は笑って後藤さんの首を抱《かか》える。クララが目の前を横ぎった。葉介は危《あや》うくビンゴに体当たりを食らいそうになっていた。わたしも彼《かれ》らを追いかけ走った。緑の草を蹴《け》って、ヤギみたいに。走っているうち、ヤギを追いかけているのか、それともべつのものを追いかけているのかわからなくなる。息を切らして立ちどまり、空を仰《あお》ぎ見《み》た。

緑濃《みどりこ》い山の上に、もくもくと白い夏雲が立っている。

空のさらに高いところには、もうつぎの季節の雲があった。

第十一章　大きいヤギ

昼食のあと、走りまわって疲《つか》れた雷太《らいた》はすとんと眠《ねむ》ってしまい、美鈴《みすず》さんと葉介《ようすけ》は用事のため街まで出かけていった。

わたしは自分の部屋で日記代わりの記録をつけていた。さらさらと動いていたペンが止まる。わたしはじっと考えこんだ。しばらく迷い、何度か思いとどまってから、ようやく立ちあがり部屋を出た。

穂村《ほむら》さんは、本堂のすみでなにか書き物をしていた。

わたしが入っていくと、顔を上げて笑《え》みを見せた。

「どうしました？」

わたしは少し距離《きょり》を置いてその前に座《すわ》った。穂村さんは微笑《ほほえ》んだまま書き物の手を止め、わたしが口を開くのを待っている。

「……穂村さんは」

ようやく思いきって言った。

「前に言ってましたよね。……子どもは親を選ばない、って」

「はい」

「本当に、そう思いますか？」

「ええ。思っていますよ」

それが真実かどうかはまたべつの話ですが、と微笑《ほほえ》む。わたしはほっと息をつき、それからぎゅっと口を結んだ。決心がしぼむ前に、勢いをつけて言う。

「……わたしも、そう思います。だって――だって、もしも本当に自分で親を選べるのなら、わたしはもっと、うまくやるもの。……雷太も、あの子だって、きっとそうだと思う」

穂村さんは小さくうなずいた。

「ええ。――そうですね。きっとそうでしょう、きみも雷太くんも、とても賢《かしこ》い子だから」

「――穂村さん、わたしは……」

そう言ったきり言葉をつづけられないでいると、穂村さんがペンを置いてわたしに向きなおった。

「――ぼくに、お手伝いできることはありますか？」

わたしはうつむいた。しばらく沈黙《ちんもく》がつづく。

「それじゃあ、またひとつ、話をしましょうか」
「……法話ですか？」
「ぼくの話です」と言って穂村さんは静かに微笑《ほほえ》んだ。どきりとする。
穂村さんはしばらくのあいだ目を閉じ、再び開けた。古い箱を開くみたいだった。それから
ゆっくり話しはじめた。
「――ぼくには、以前、子どもがありました。もう、亡《な》くなってしまいましたが」
わたしがあまり驚《おどろ》かなかったのを見て、穂村さんは、おや、という感じでほんのわずかに眉《まゆ》
を上げたけれど、とくになにも言わなかった。
「女の子でした。まだ一歳《さい》にもなってなくて。――事故だった、ということになっています
が、でもあれは、防げた事故でした」
ぼくの不注意でした、と言う。
「とてもかわいくて、賢《かしこ》い子だったんですよ。親ばかみたいだけど。……だからこそ、現実の
すべてを、受けいれることができませんでした」
とてもつらい話のはずなのに、穂村さんは淡々《たんたん》と話している。こんな大事な話、わたしなん
かが聞いていいのかとどきどきした。
「娘《むすめ》を失ってからはさらにつらくて、その苦しみは、息ひとつするあいだも永遠に思えるくら

い、耐《た》えがたいものでした。妻もとても悲しみましたが、ぼくは自分のことで手いっぱいでした。でも――」

穂村さんはそこで長く息を継《つ》いだ。

「――もっとひどかったのは、……ぼくは悲しみながら、心のどこかで憎《にく》んでいました。娘《むすめ》とぼくに留守番させて出かけてしまった妻のことも、娘の命を救ってくれなかった救急隊員も、――そして、あっさりいなくなってしまった、あの小さな娘のことも。……ぼくは娘を悼《いた》むふりをして、自分を憐《あわ》れんでいただけでした」

ひどい父親です。穂村さんは静かにそう言った。

「そんなひどい人間をあの子が親に選ぶことなんて、そんなことはけっして、ないんですよ」

そこまで話して、口をつぐんだ。

外の蟬《せみ》たちが、ふと鳴きやんだ。

わたしはじっと動けずにいた。

穏《おだ》やかな顔をしているけれど、穂村さんは泣いていると思った。きっと、もうずっと。

本堂はしんと静まりかえっている。

そのとき、後ろで「――ふんっ」と大きな鼻息がした。

「――なーにを、たわごとを言っとるか」

びっくりしてふり返ると、タケじいがむっつりした顔で本堂の入り口に立っていた。ずかずかと入ってくる。

「おまえは子どもに、なんて話を聞かせとるんだ、まったく。そんな話、まともに聞くことないぞ、嬢《じょう》ちゃん」

「じ、住職、いらしたんですか……」

うむ、ずっとおったぞ、と言うタケじいの頬《ほお》にはくっきりと畳《たたみ》の跡《あと》がついていた。

「だいたいそんなもんは法話でもなんでもない。ただの愚痴《ぐち》で泣き言だ。この未熟者め」

「はっ……」

穂村さんはすっかり小さくなってかしこまっている。

「まあったく、分《ぶん》もわきまえんと、柄《がら》にもないことしようとするから――」

タケじいに叱《しか》られているのを見て、わたしはつい口を出した。

「あの、で、でも……」

ふたりがわたしを見る。

「あの、でもわたしは、おっ、大人の人たちが、……自分の失敗とか、だめだったとことか、話してくれるの、好きです――あっ、好きっていうかそうじゃなくて、ごっ、ごめんなさい。……でも、なんかちょっと、安心します。だったら、自分がだめでも、いいのかな、って」

穂村さんが少しだけ目をみはり、それからそっと目をふせた。

「――ふん」と再びタケじいが鼻を鳴らす。

「そんな話なら、いくらでもあるぞ」得意そうに胸をそらせる。

「そ、そうなんですか？」

「おお。干して叩《たた》いて粉にして、よーく練りあげ、立派な仏舎利塔《ストゥーパ》建てられるくらい、ある」

「はあ……」たとえがよくわからない。

「聞きたいか？　なっちゃん」

タケじいがぐいと顔を近づけてきた。……なっちゃん？

「――あ、はい。じ、じゃあ、そのうち」

「そうか。いつでも言いなさい」

「あ、ありがとうございます……」

もうよいぞと言われ、わたしはなんだかよくわからないまま、本堂をあとにした。

首をひねりながら廊下《ろうか》を歩いていて、ハンカチを置いてきてしまったことに気づいた。急いでひき返すと、堂内からタケじいの低い声が聞こえてきた。

「――勘違《かんちが》いするんじゃない。あの子らは、あんたの人生の帳尻合《ちょうじりあ》わせじゃないぞ」

……はい、と穂村さんの応じるのを耳にして、わたしはそっとその場を離《はな》れた。

夕方近くになって、葉介が戻《もど》ってきた。「用事、済んだ？」と聞くと、葉介は、「おう」と答えた。昼寝《ひるね》から覚めた雷太がさっそくやってきて「ようすけー」とまとわりつく。

「あれ、そういえば美鈴さんは？」

「？　さあ、帰りはべつべつに――」

ちょうどそのとき車の音がして、勝手口から、「ただいまー」と美鈴さんが顔を出した。出ていったときより、髪《かみ》の毛がさらに明るい茶色になっている。

「うふふ。買い物のついでに、美容院行っちゃった」

「わあっ、そのかみ、ビンゴみたーい」

かわいいねえ、と雷太がふわふわの髪をなでると、美鈴さんは嬉《うれ》しそうに笑っている。

「夏芽《なつめ》ちゃんも、前髪伸《の》びたんじゃない？」

切ってあげようかと言われ、ちょっと迷った末、お願いすることにした。前に雷太も切ってもらったことがあったし、大丈夫《だいじょうぶ》だろう。――それに、本当のところ、今はひとつでも多く思い出を残しておきたかった。

夕食のあと、縁側《えんがわ》に新聞紙を敷《し》いて椅子《いす》に腰《こし》かける。美鈴さんが櫛《くし》とはさみを持って前に立った。

「眉《まゆ》が隠《かく》れるくらいでいい？」

「はい」

茶の間では、雷太と葉介がテレビを観《み》てげらげら笑っている。穂村さんは地域の寄りあいに出ていて、タケじいはふらりとどこかへ行ってしまった。

チョン、チョン、チョン、と美鈴さんは慎重《しんちょう》に切り進んでいく。

「……美鈴さん。ひとつ、聞いていいですか」

「ん？　なあに」

「──あの」少しためらう。「……穂村さんのお子さんのこと」

一瞬《いっしゅん》、美鈴さんのはさみが止まり、また動きだす。

「聞いちゃった？」

ふっと笑う。でも誰《だれ》に？　と尋《たず》ねられ、穂村さん、と答えた。

「──そう」

「あの。……自分の不注意だった、って」

「──うん」

美鈴さんはしばらくなにも言わず熱心にはさみを動かしていた。もう答えは返ってこない、と思ったころ、ぽつりと口をきいた。

「——エアコンの、故障だったんですって」

美鈴さんは髪《かみ》を切りながら、少しずつ話してくれた。

穂村さんと赤ちゃんがお留守番をしていた日、奥《おく》さんは同窓会に出席していた。午前中たっぷり遊んで、午後からふたりでお昼寝《ひるね》をしたのだという。そのころ仕事が忙《いそが》しかった穂村さんは、久しぶりの休みだった。だからつい、深く眠《ねむ》ってしまったのだろう。

気がついたときには室温が上昇《じょうしょう》していて、すでに体の自由が利《き》かなくなっていた。

それでもどうにか自分で一一九番に電話して、——途中《とちゅう》で意識を失ったそうだ——結局、穂村さんは助かったけれど、赤ちゃんは助からなかった。

「いろんなことが、ちょっとずつ悪いほうに重なっちゃったのね……」

その日はとりわけ暑い日で、部屋に備え付けのエアコンは、古い型のものだった。——きっとたくさん遊んであげたのだろう、ベランダには水を張ったビニールプールが置いてあったそうだ。

わたしはそっとため息をついた。やりきれないと同時に、ひどく怖《こわ》くなった。

日常の裂《さ》け目《め》は、すぐ手の届くところに口を開けている。嫌《いや》というほどそれが理解できた。

聞かなければよかった、と思ったあと、すぐに自分を恥《は》じた。わたしって本当に、なんて身勝手なんだろう。ふり払《はら》うように首を振《ふ》ったとき、

「――あっ」

シャキ、と音がして髪《かみ》の毛がはらはらと落ちた。

「これでなんとか、どう……？」

美鈴さんが手渡《てわた》してくれた鏡を見てものすごく後悔《こうかい》した。がんばって手を加えてくれていたけれど、前髪はかなり短くなっていた。眉《まゆ》がすっかり顔を出してしまっている。ごめんねごめんね、と謝《あやま》る美鈴さんに、「いえ、わたしが動いちゃったから……」と断った。これはきっと、よけいなことを知りたがった罰《ばつ》だ。

「あっ、なつめも、かみきった？」

すぐに雷太が気づいてよってきた。かわいいねえ、とほめてくれるので、ありがとうと言っておいた。

「ふーん……」葉介がまじまじとのぞきこんでくる。

「おまえけっこう、下がり眉なのな」

指先でつんとつつかれ、あわてて手で押《お》さえた。

「ほっといてよ」

かわいいよねえ、ごとうさんみたい、と雷太が言うので、葉介は必死に笑いをかみ殺していた。

毎晩寝《ね》る前に、葉介はヤギたちのようすを見にいく。具合悪そうにしていないか、きちんと小屋の戸が閉まっているか、確認《かくにん》してから戻《もど》ってくる。たいていは雷太とふたりで行くのだったが、今夜はわたしもついていった。

できるだけ、長くいっしょに過ごしていたかった。もう残された時間が少ないことを知ってしまったから。ヤギたちにも、わたしたちにも。

後藤《ごとう》さんもクララもビンゴも、それぞれ静かに小屋のなかで足を畳《たた》んで、目を閉じたり昼間食べたものをゆっくり咀嚼《そしゃく》したりしていた。雷太が手を伸《の》ばしてなでてやると、後藤さんは首をすりつけて甘《あま》えてきた。

「――夜の散歩、行ってみないか。ちょっとだけ」

帰り道、ふいに葉介がそう言いだしたのは、やっぱり彼《かれ》も同じことを感じていたからかもしれない。いこういこう、と即座《そくざ》に雷太が賛成した。

本堂を通りすぎ、山門をくぐって石段を降りる。夜道を懐中《かいちゅう》電灯で照らしながら、わたしたちは棚田《たなだ》のほうへぶらぶらと歩いていった。

濃《こ》い山のにおいがした。夜なのに、あたりは生き物の気配に満ちている。藪《やぶ》のなかでカサカサと音がして、足もとの草むらからはチッチッと虫の声がした。

「雷太、落ちるなよ」

畦道《あぜみち》の下では、みごとに育った稲《いね》がびっしりと地面を覆《おお》っている。畦はゆるやかに弧《こ》を描《えが》き、細い三日月形に田を区切りながら、左右にうねる階段のように山裾《やますそ》へと下っていく。同じ形をした月が、空に白く光っていた。

「あれ、ようすけのおじいちゃんち？」

雷太が眼下の明かりを指さす。そうだよとわたしが答えると、トマトおいしかったね、と言う。雷太は畑のトマトをまるごとひとつ食べられるようになった。

そのまま畦道を下って本道へ出る。こんな時間に通っている車はない。雷太は、ぺたぺたとわざと大きな靴音《くつおと》をたてながら道路のまんなかを歩く。街灯の下で小さなクワガタを捕《つか》また。「ようすけはクワガタもたべる？」と聞かれ、食べねえよと答えていた。

「ねえっ」雷太が手をさし出すので、また三人で手をつないだ。

「――もっかい、ねえ、ぶらんこもっかい」

「えーっ」

「もう手が疲《つか》れたよ」

わたしたちはみな、わけもなくはしゃいでいた。くすくすけらけらと笑いながら、あてもなくぞろぞろと夜道を歩く。

「なあ、こっから向こうに上ってさ、お墓のほうまで行ってみるか？」

「ええ、やーだ、そんなの」

「なんで。肝試《きもだめ》しみたいでおもしろいじゃん」

「きどまめしって、なに？」

「やだやだ、怖《こわ》いから絶対やだ」

「ねえねえ、きどまめしって――」

わいわいと歩いていると、ふと前のほうに黒い人影《ひとかげ》が立っているのに気づいた。その場にたたずんだまま、じっとこっちを見ている。

こんな時間に、こんなところに人がいる――？

そう考えてぞくりとしたとき、雷太が声をあげた。

「あっ、ほむらさん」

おーい、と手を振《ふ》る。本当だ。立っているのは、穂村さんだった。寄りあいが終わったところなのだろう。

穂村さんは目を見開き、じっとわたしたちを見ていた。もう一度雷太に呼ばれ、はっとしたように身じろぎする。夢から覚めたような顔をしていた。

わたしたちが近づいていくと、穂村さんはあわてたようにまばたきして、それからいつものようにやわらかな笑《え》みを浮《う》かべて言った。

「――さあ、もう遅《おそ》いから、帰ろう」

ゆっくりと歩きだす。わたしたちもそのあとにつづく。

やがて寺の石段が見えてきた。帰りの遅いのを心配したのか、門の前で美鈴さんが手を振《ふ》っていた。

第十二章　小さいヤギ　中くらいのヤギ　大きいヤギ

「ほらみて、ぴかぴかになったよ」

白い布を持った雷太《らいた》が、得意げに手にした燭台《しょくだい》を掲《かか》げてみせる。その日の午後、わたしたちはこれまでの感謝をこめて、再び本堂をすみからすみまできれいにしているところだった。

「ほんとだ。きれいになったね」と言った瞬間《しゅんかん》、パキ、と音がして飾《かざ》りがとれた。びくりと雷太が肩《かた》を震《ふる》わせるのに、美鈴《みすず》さんがゆったりと笑いかける。

「だあいじょうぶよ、雷太。また接着剤《せっちゃくざい》で付けといてあげる」

そこへ穂村《ほむら》さんが顔を出した。

「ええと、夏芽《なつめ》ちゃん、きみになにか届いてるんだけど」

「あっ、はいっ」

わたしが急いで立ちあがると、なあに？　と雷太ものぞきにくる。わたしは葉介《ようすけ》と目を見交《みか》わし、それから雷太を呼びよせた。「ちょっとおいで」美鈴さんがそっとこっちを見ていた。

「これね、雷太にプレゼント。わたしと葉介から」

包みを開け、なかから本を取りだして渡《わた》す。

「あっ、ヤギ！」

それは、三匹《びき》のヤギの絵本だった。大きいヤギと中くらいのヤギと小さいヤギが、表紙で元気よく跳《は》ねている。雷太が頬《ほお》を赤くして見あげてきた。

「――これ、ビンゴとごとうさんとクララみたい」

「そうそう。覚えてる、雷太？　前に物置に隠《かく》れちゃったとき、話してあげたでしょ」

雷太は目を輝《かがや》かせて表紙に見入り、真新しいつやつやの紙をそっとなでた。

「……でもおれ、じ、よめないよ」

「読んであげるよ」

そう言うと、ぱっと満月のような明るい顔になった。

雷太はすっかりその絵本が気に入ったようだ。その証拠《しょうこ》に、わたしはつづけて五回も読まされた。

「もっかいよんで」

「雷太、今度は誰《だれ》かべつの人に読んでもらってよ……」

と、それまでそばで寝転《ねころ》がって聞いていた葉介が、体を起こして座《すわ》りなおした。まじめな顔で口を開く。

「――雷太。おまえに話がある」

来た、と思った。

「やっぱり、こうなりましたか……」

穂村さんが額に手を当てる。ヤギたちが明日いなくなる、という話を聞いて、雷太がまた物置に隠《かく》れてしまった。さっきから呼びかけているけれど、もうかれこれ三十分はこもったままだ。穂村さんはずっとそわそわと落ちつかない。

「今日はそんなに暑くないけど、いいかげんのどが渇《かわ》くでしょうに」

タケじいはまた不在だったので、穂村さんが見よう見まねで戸板を外しにかかった。葉介とふたりしばらく格闘《かくとう》して、ようやくガコン、と外れたのだが、なかをのぞくと、そこに雷太の姿はなかった。見ると床《ゆか》近くにある通気用の小窓が開いていた。

「あの子、ここから……！」

美鈴さんが駆《か》けよって外を見たが、近くに雷太は見あたらなかった。

わたしたちが急いでヤギたちのところへ行くと、クララがメヘへと鳴き声をあげた。ビンゴも草を食べている。けれど、後藤《ごとう》さんが、つないだ綱《つな》ごとすっかり姿を消していた。

「雷太、あいつ……！」

葉介がさっと踵《きびす》を返して走りだした。「おれ、山のほう見てくる」

「じゃあ、わたし、この近くを捜《さが》す」

美鈴さんが車のキーを持って走ってくるのを、穂村さんが止めた。

「ぼくが行きます。美鈴さんはここにいて、念のため屋内をもう一度捜してみてください」

わたしたちはそれぞれに散っていった。

「雷太ー」「雷太あー」

裏山のほうから葉介の声がする。車に乗った穂村さんは真っ先に平治《へいじ》さんの家まで行くと、やがてすぐにひき返してきて山の反対側へ通じる道を上っていった。

わたしは舗装《ほそう》された本道を離《はな》れ、いつも葉介が後藤さんといっしょに通ってきた道をたどることにした。あの小さな子が、よく知らない道を行くとは考えにくい。馴《な》れているとはいえ、自分より大きなヤギを連れているのだ。途中《とちゅう》まで知っている道を行き、そこからどこかへ隠《かく》れるつもりではないだろうかと思った。農道が雑木林と出会うところまで来たとき、「メヘヘヘヘ」とヤギの鳴き声がした。

「後藤さん……雷太っ？」

がさがさと下生えをかきわけて雑木林に入ると、「ごとうさん、しいっ！」と声がして、白いヤギと寄りそってうずくまる雷太の姿があった。

「――ここにいたの？　雷太、捜《さが》したよ」

雷太はきゅっと口を結び、思いつめた顔をしてしゃがみこんでいた。頬《ほお》が赤く蚊《か》に刺《さ》されている。見ると、体の前にしっかりと絵本を抱《だ》きしめていた。傍《かたわ》らにはスーパーのビニール袋《ぶくろ》があり、そっちは後藤さん用なのだろう、なかからトウモロコシやニンジンがのぞいていた。雷太はじっと自分の爪先《つまさき》を見ている。

――きっと本当は、三頭とも連れてきたかったのだと思う。でも、雷太なりに一生懸命《いっしょうけんめい》考えて、自分にとっていちばん大事なものを選んで持ってきたのだ。そう思ったら、胸が痛くなった。

「ねえ、雷――」声をかけようとしたとき、携帯《けいたい》電話が鳴った。穂村さんだった。

〈夏芽ちゃん、そっちの道には――？〉

「あ、いました、雷太。今見つけたとこです、はい」

〈よかった、すぐに行くよ。今どこ？〉

穂村さんは心からほっとしたような声で言った。「ええと、ここは――」わたしは後藤さんの綱《つな》を引き、がさがさと藪《やぶ》から出ていきながら、「雷太おいで、そんなところにいるとまたスズメバチが来るよ」と呼んだ。雷太はびくりとしてあたりを見まわし、しぶしぶあとをついてきた。

農道に出て、穂村さんに場所を伝えたあと、近くの木の枝にヤギの綱《つな》をかける。後藤さんは首を伸《の》ばして好物の梅の葉を食べはじめた。わたしはしゃがんで雷太と視線を合わせた。雷太はじっとうつむいてわたしの目を見ようとしない。

「――雷太は、後藤さんたちとさよならするのが、嫌《いや》だったんだね？」

みるみるその目に涙《なみだ》が盛りあがった。くしゃっと顔がゆがむ。

「――おっ、おれ……」

と雷太が言いかけたとき、突然《とつぜん》、べへへへ、と後藤さんが鳴いて、後ろで車の停《と》まる音がした。早かったなと思ってふり返ると、少し離《はな》れた本道に停車したのは、見なれた白い車でなく、黒い車だった。

降りてきた人物を見て雷太がはっと体を硬《かた》くした。笑《え》みを浮《う》かべてこっちへ近づいてくるのは、――前に見たことがある、あの男――雷太の、父親だった。

「雷太！　雷太元気だったか？」

嬉《うれ》しそうに呼びかける。雷太がじり、と一歩下がった。

「どうした、まさか忘れたのか？　ほら、覚えてるだろう、これ、誰《だれ》だ？」

おどけたように、満面の笑みで話しかけてくる。

「おとうさん……」

雷太が蚊《か》の鳴くような声で答えた。

「そうだよ。おいおい、おまえなんだか大きくなったなあ。なんだ、やっぱりあのお寺にお世話になってたんじゃないか」

そう言ってちらりとわたしを見る。ばつが悪くて目をそらした。

「ほんとに久しぶりだなあ。雷太は、今何歳《なんさい》になったんだっけ？」

「……ごさい……」

「へえ、そうか。もうそんなになるのか」

かちんときた。なに言ってるの、この人。ついこのあいだ、自分で五歳の子を捜《さが》しに来たじゃない。

むかむかしながら雷太の顔を見た瞬間《しゅんかん》、どきりとした。

雷太が、笑っていた。小さな顔に笑《え》みを浮《う》かべている。

わたしは混乱した。

どうして？　雷太。お父さんに、ひどい目に遭《あ》わされてたんじゃないの？

「背伸《の》びたなあ。それにこんなに日に焼けて」

雷太の父親がひょいと頭に手を伸ばす。小さな体がびくっと反応し、父親はほんの一瞬、いまいましそうに顔をゆがめた。ちらっとうかがうようにわたしに視線をよこし、よしよしと息子《むすこ》の頭をなでる。雷太は薄笑《うすわら》いを浮《う》かべたままおとなしくなでられていた。

やっぱり、なにかおかしい。見ると、胸の前で組まれた腕《うで》の下で、雷太の大事な絵本がぎゅっと強く体に押《お》しつけられていた。

「さあ、それじゃあ雷太。お父さんといっしょに帰ろう」

「えっ」

わたしたちはふたり同時に顔を上げる。

「……おいおい、当たりまえだろう。お母さんがいなくなったんなら、お父さんと暮らすに決まってるだろ。ずっと捜《さが》してたんだぞ」

そのときの雷太の顔に浮かんだ表情は、きっとずっと忘れられないと思う。すっと目からすべての光が消えた。一瞬《いっしゅん》のことだった。炎《ほのお》が消え、のっぺりとたたずむだけのろうそくのようだった。

「ベエエエ」

後藤さんが鳴き声をあげる。わたしははっとして言った。

「困ります。この子はお寺でお母さんから預かってるんです。勝手なことをされては」

「ええ？　いやだなあ、勝手なことをしてるのはそっちでしょう。この子はぼくの息子なんだ、ぼくが連れて帰るに――」

ベエエエ、ベエエエ、ベエエエ。

「……うるさいなあ、どうにかしてくれよ、あのヤギ」

苛立《いらだ》った声をあげると、雷太がぱっと後藤さんに走りより、すばやく枝から綱《つな》を外してやった。

「なんだ、どうした」

「あっ、あのね。なんでもないの。もんくいってるだけ。はっぱにとどかないって。もうへいき。もうなかない。だから――」

必死に言いつのる。そこではっとした。

雷太は、後藤さんをかばっている。あんなに無理して、笑《え》みまで浮《う》かべて。

ふつふつと怒《いか》りがこみあげてきた。急激にわきあがり、どんどん大きくなっていく。

雷太はいったい、目の前のこの男に、どれだけのものを奪《うば》いとられてきたのだろう。体の奥《おく》底《そこ》から怒りがわいて、怖《こわ》いことなど忘れた。

「――帰ってください。雷太は渡《わた》しません。知らないとでも思ってるの？　あなたのしたこと、みんな知ってるんだから。お寺の人たちも、みんな」

「……へえ、なんのことです？」

しらばっくれて、雷太の腕《うで》をぎゅっとつかむ。

「どうでもいい、きみに関係ないだろう。――さあ、雷太行くぞ」

雷太がじりりとあとじさりする。薄笑《うすわら》いもはがれ、その顔が青く引きつっている。

「雷太、だめっ。放して！」

「しつこいな、放してくれ。ほら雷太早く」

そのとき手がすべって、わたしの爪《つめ》ががりっと男の腕《うで》をひっかいた。

「おい……」ぎらりとその目に怒《いか》りが閃《ひらめ》いた。どんと肩《かた》を押《お》される。

「――いいかげんにしろよ、バカ女」低い声で唸《うな》るようにささやく。ぞくりとした。表情が変わっていた。

「おまえがさっさとしないからだ、バカ」つづけてバシッと雷太の頭を叩《たた》き、すぐにまた笑顔《えがお》を見せる。

「すみませんねえ、どうも母親のしつけがなってなくて。――あれもほら、バカな女だったから」雷太がヒイッと声をあげずに泣きだした。

その瞬間《しゅんかん》、ずくり、と自分のなかでなにかが頭をもたげた気がした。

体の奥《おく》に眠《ねむ》っていたどす黒いものが目を覚ます。

――ああ。わたしは、これを知っている。前にも会ったことがある。

これは、殺意だ。

退院して家に戻《もど》ってきた父は、ほとんど暴君だった。

ささいなことで母やわたしを呼びつけては、あれこれ用事を言いつけた。

テレビをつけろ。新聞を持ってこい。ブラインドを下ろせ。

昼間は仕事に行った母に代わり、夏休みで家にいたわたしがそれを一手に引き受けることになった。そのあいだどこにも出かけることを許してもらえなかったが、あと少しすれば香子《かこ》と合宿に行ける。それだけを楽しみに我慢《がまん》した。

薬を持ってこい。ばか、水も持ってこないか、ほんとにおまえは気が利《き》かないな。暑い。エアコンの温度を下げろ。冷えすぎだ。今度は上げろ——。

あまりに呼びつけられるので、リモコンくらい自分で操作してくれないか、と言ってしまったのが父の癇《かん》に障《さわ》った。

「おまえには思いやりがない」「親への感謝の気持ちが足りない」

それから二時間、正座と説教がつづいた。

父はきっと、単に時間を持て余していたのだと思う。わたしはそれから午後のいちばん暑いさなか、コンビニへアイスコーヒーを買いに行かされた。戻ってきてみると、リビングに父の姿がなかった。

父はわたしの部屋で引きだしを開け、持ち物を点検していた。

かっと頭に血が上った。リモコンも取れないくらい、足が痛いと言っていたくせに――。

父はわたしのアルバムを引きだし、勝手になかの写真を見ていた。そこに収められていたのは学校行事で撮《と》られたものだ。どの写真にも、笑顔《えがお》の香子とわたしが写っていた。

「これは誰《だれ》だ」香子を指さす。やめて、指をふれないで。心で叫《さけ》びながら答えた。

「……鳴沢《なるさわ》さん」

「ふうん。仲がいいのか」

「うん。……今度、いっしょに合宿に行く子」

父はぎゅっと顔をしかめた。

「合宿？　そんなもの行けるわけないだろう、お父さんの世話はどうする」

「――え？」

「この夏は家にいなさい。勉強なんか家でもできるだろう」

そう言ってもう一度写真に目を落とすと、

「……それにしても。不器量な子だなあ」

嫌《いや》な感じで口もとをゆがめ、ふっと笑ってアルバムを閉じた。ぞんざいに机に戻《もど》す。

ずくり、とそれが頭をもたげた。

わたしのなかでそれまでぼんやりとさせたままにしていた薄暗《うすぐら》い感情が、急激に名前を持ってその形を変えはじめた。すさまじい勢いで膨《ふく》れあがりどす黒いかたまりとなって現れる。それは強烈《きょうれつ》な感覚だった。

ぼんやりとした「死ねばいいのに」が、「死ね」に変わった瞬間《しゅんかん》だった。

「行くぞ」

男は痺《しび》れを切らし、小さな体をひょいと抱《かか》えあげた。雷太はすくんだようになって動けずにいる。見かえしてきたその目が、墨《すみ》で塗《ぬ》りつぶされたように真っ黒だった。

——ずくり。

暗い裂《さ》け目《め》は、日常のすぐそばにある。

もしもあのとき、わたしが偶然《ぐうぜん》なにか固いものを手にしていれば。

ピンポン、と宅配便が玄関《げんかん》のベルを鳴らさなければ。

——事態はもしかしたら、ひどく変わっていたかもしれない。

そして——、

「——べヘヘヘエエエーッ！」

後藤さんが棹立《さおだ》ちになって甲高《かんだか》く鳴いた。

わたしはハッとして、夢中で男の腕《うで》にかじりついた。

「行っちゃだめ、雷太。だめ、その子は行かせない」

「おい、放せ」

「ねえ、お願い。お願いだから——！」

ぼろぼろと涙《なみだ》がこぼれた。

「お願いだから、見て。その子を見て。——ちゃんと、雷太を見てよ」

男から立ちのぼるムッと鼻を突《つ》くたばこのにおいに、火傷《やけど》の跡《あと》を思いだし吐《は》き気《け》がこみあげる。それでも必死で訴《うった》えた。

「見てわからないの。お父さんでしょう？」

地面に絵本が落ちていた。表紙でヤギが元気よく跳《は》ねている。

「やっと元気になったの。おいしくごはんを食べて、夜はぐっすり眠《ねむ》って。毎日飛んで跳ねて、大声で笑って。好きなものもできた。得意なものだってある。——ここでは、泣いても叱《しか》られないし、怒《おこ》っても許される。――見てよ。ここで、元気になったの。みんな、この子のことが大好きで――」

ぱあっと丸い月のような笑顔《えがお》が浮《う》かんだ。声が詰《つ》まった。涙《なみだ》が止まらない。

お願いだから
お願いだから、この子をゆがめないで
雷太を、雷太のままでいさせてあげて
どうか、どうか
だって、この子は

「――この子は、宝なんだから」

「うるせえっ！」
どん、と力いっぱい突《つ》きとばされた。どさりと後ろに倒《たお》れ、勢いでごろごろと転がる。むき出しの腕《うで》や脚《あし》に砂利《じゃり》が擦《こす》れた。男は再び雷太を抱《かか》え、車へ向かって走りだす。
「――雷太っ」

そのときだった。男の車の後ろから、白い車がすごいスピードで走ってきて停《と》まった。ドアが開いて、葉介と穂村さんが走ってきた。あとから軽トラックもやってきて、黒い車の前をふさぐように停まる。

驚《おどろ》いた男の手がゆるんで、そのすきに雷太がずるりと地面に逃《のが》れた。

「――ってめえええええ」

真っ先に駆《か》けつけた葉介がすごい勢いで男の胸倉《むなぐら》をつかんで地面に押《お》し倒《たお》した。拳《こぶし》を振《ふ》りあげその顔に叩《たた》きつけようとする。

「やめなさいっ」

追いついた穂村さんがその手をつかむ。

「同じ場所に落ちるんじゃない」厳しい声で言った。わたしははっと我に返り、身を起こして雷太に駆けよると、その体をしっかりと抱《だ》きしめた。

「――また、あんたか。懲《こ》りんな」

軽トラックから、タケじいと平治さんと、清子《きよこ》さんが降りてきた。

「どうせその子を餌《えさ》に、母親を連れもどそうとでも思っとるんだろ」

男は葉介に地面に押さえつけられている。清子さんが駆けよってきて、わたしと雷太をそっと後ろへ下がらせた。

「――つぎは警察を呼ぶと言ったはずです」

穂村さんがその顔をのぞきこむ。

「うるせえっ。あんたらに指図されるいわれなんか……」

ぎらぎらした目でにらみ返してくる。

「呼べばいいじゃん。呼ぼうぜ、警察」葉介が怒《いか》りをにじませて言うのに、穂村さんがさっと視線で雷太を指し示す。

「苦しいか」ふいにタケじいが聞いた。

「……苦しいんだろうな、そりゃ。そこまで行っちまうほどだからな。だが同情はせんよ。弱いもののほうが、もっと苦しいからな」

四人の男たちにぐるりと囲まれ、男の目が落ちつきなく動きはじめた。

「葉ちゃん、写真撮《と》っておやりよ、その人の」

清子さんが呼びかけた。ほら、あのすまほで、と言う。

「集落のみんなに見せてさ、しっかり顔覚えてもらうといいよ。したら、ここらへんに入ってきたらすぐにわかるよ」

おお、そりゃいいな清ちゃん、と平治さんが答える。

「なんたって田舎《いなか》のネットワークはすごいからな」

意味ありげににたりと笑うと、「えげつないよう」と清子さんもうふふと応じた。

わたしは力が抜《ぬ》けたように座《すわ》りこんで、雷太を抱《かか》えたままそのやり取りを見ていた。それまで知らん顔で遠巻きに見ていた後藤さんが、トコトコと近づいてきて、雷太の肩《かた》に頭を擦《す》りつけた。白くて硬《かた》い毛が頬《ほお》をくすぐる。

そのときだった。

……ヒクッ、と耳もとで息を詰《つ》まらせるような音がしたかと思うと、

「――うわああああああああーっ」

雷太が、悲鳴のような泣き声をあげた。みな、ぎょっとしてふり返る。驚《おどろ》いた後藤さんはぴょんと後ろに退いた。

うわあああ、うわあああああああ。

雷太は体を震《ふる》わせ、悪い夢から必死で逃《のが》れるように、身をよじって泣きつづけた。穂村さんが立ちあがり、そっと雷太を抱《だ》きあげた。雷太は手足をばたばたさせてもがきながら、わあわあと泣き叫《な》《さけ》んでいる。

胸が痛かった。耳をふさぎたくなるくらい苦しい声だった。

穂村さんは雷太を抱《かか》え、ゆっくりと小さな体を揺《ゆ》すりながらその場を離《はな》れていった。散歩だと思ったのか、少し離れて、後藤さんがあとをついていく。

「あんた、──あれを見てなにも思わないのか」葉介が男の襟首《えりくび》をつかんだまま唸《うな》るように言う。男の耳には届いているのかいないのか、ひたすらうろうろと目を泳がせている。

「……無駄《むだ》だな、あんたには」

葉介はぱっと手を離《はな》して立ちあがると、「行けよ」と嫌《いや》そうに顔をそむけた。男はそろそろと身を起こし、じりっじりっとあとじさる。

「いいか、今度見かけたらうちの畑に鋤《す》きこんでやるからな」

平治さんがすごんでみせると、「よせよじいちゃん、トマトがまずくなる」と葉介が顔をしかめた。

男はいまいましそうにふり返りながら、それでもあたふたと車へ駆《か》けよると、エンジンをかけるが早いか逃《に》げるように走り去った。平治さんと葉介とタケじいは、険しい顔で道路に立ち、男が行ってしまうのを見とどけた。

「でもあいつ、絶対またなんかやらかすぜ」

葉介が不服そうに言う。

「──なに、警察には言うさ。車のナンバーもな。……ほんとはあの男は、近づいてはならんことになっとるんだが」

遠くなる車を見送りながら、それでもタケじいは、じっとなにかを考えこんでいた。

その日、泣きつかれて眠《ねむ》った雷太は、夜まで目を覚まさなかった。穂村さんに抱《かか》えられて帰ってきて以来、晩ごはんも食べずにずっと眠りつづけている。

寺に戻《もど》って、わたしは美鈴さんに傷の手当てをしてもらった。腕《うで》や脚《あし》にいくつも擦《す》り傷《きず》ができていた。

「——怖《こわ》かったね」

美鈴さんはわたしをぎゅっと抱《だ》きしめ、雷太を守ってくれてありがとう、とささやいた。薬を塗《ぬ》ってもらいながら、わたしはまだぼうっとしていた。いろんなことを考えるのを、頭が拒《きょ》否《ひ》しているみたいだった。美鈴さんが薬箱を片づけに席を立った。わたしがぼんやりと腕に巻かれた包帯をさすっていると、それまでそばで見ていた葉介が口をきいた。

「……痛いか？」

ううん、大丈夫《だいじょうぶ》。いつもなら口にする言葉が、すぐには出てこなかった。

「ごめん」葉介がつづけて言った。「ひとりで行かせなきゃよかった」

べつに葉介のせいじゃないのに。そう言おうと思ったけれど言葉にならない。

「ごめん」同じことを言う。「痛い思いさせて」

「……うん」ようやく声が出た。

「痛かった」

「…………」

「今も、痛い」

「……うん」

「怖《こわ》かった」

「そうだな」

「ほんとに――」

怖かった。あの人も、自分も。そう思ったら、涙《なみだ》がこぼれた。

葉介が目をそらし、そばの箱からティッシュを取って手渡《てわた》してきた。やわらかい紙で目もとをぬぐったら、抑《おさ》える間もなくうえええっと泣き声が漏《も》れた。涙が止まらない。わたしはごしごしと何度も目や鼻をぬぐった。

わたしがティッシュをぐしょぐしょにして丸めるたびに、葉介が横から新しいのをさし出してくる。拭《ふ》いては丸め、拭いては丸め――。

どれくらいそうしていただろう、ようやく涙が収まって顔を上げると、わたしの周りにはたくさんの丸めたティッシュの玉が散らばっていた。隣《となり》を見ると、葉介はまだそこにいた。難しい顔をして腕《うで》を組み、壁《かべ》によりかかって座《すわ》っている。その姿勢のまま、視線だけ動かしてわたしを見た。

「白ヤギさんたら、読まずに投げた——か」

わたしたちの周囲は、あたり一面、白い紙だらけだ。

わたしがふっと吹《ふ》きだすと、葉介はやれやれという顔でため息をついた。

「ほら、——鼻。ティッシュ、ついてるぞ」

そう言って、もう一枚さし出した。


薄暗《うすぐら》い廊下《ろうか》を、お風呂《ふろ》を済ませたわたしが部屋へ向かって歩いているときだった。葉介が待ちかねたように顔を出し、手まねきする。

「穂村さんたち、今、本堂に集まって、なんか話しあいしてる。……けっこう、深刻っぽいぞ」

雷太のことじゃないか、と言うので、わたしたちは急いで本堂へ向かった。そっと近寄り、戸口に貼《は》りついてようすをうかがう。なかから低く抑《おさ》えた声が聞こえてきた。

「——お願いします」

穂村さんだった。

「なんとか、許してはもらえないでしょうか」

「前に言ったはずだ。覚えとるか？　あの子は、あんたの人生の帳尻合《ちょうじりあ》わせじゃない。いまさら親になんぞなれるはずもない」

タケじいの声がだるそうに答える。聞きとりづらくて、ぎりぎりまで踏《ふ》みだし、耳をそばだてた。

「――はい。それは、何度も、何度も考えました。むろん、親になどなるつもりはありません。あの子の両親はちゃんといますから。ただぼくは、――あの子が安心して暮らせるようになるまで、せめてその条件が整うまで、ここで責任を持ってあの子を預かりたいのです。何度考えても、やはりそれが最善だろうと……」

「最善？　ふん、それは、誰《だれ》に対してだ」

穂村さんが黙《だま》りこむ。

「言っておくが、施設《しせつ》が悪い場所だとはこれっぽっちも思わんよ。あそこでならきちんと食べさせてもらって、手厚く世話してもらえる。大きくなるまでなにも困ることはない。ここでいつまでも帰るあてのない母親を待つより、安定した暮らしが送れる。少なくとも、あの男と暮らすよりはずっといい。――そう思わんか」

はっとした。

まあふつうそうなるだろうな、と葉介がつぶやいた。わたしはどきどきしながら聞き耳をたてた。雷太が、ここを出てよそへ行く。ヤギたちもいない場所へ。

「わかってないようだから何度も言うが、あの子をあんたの人生の、穴を埋《う》めるためのピースにすることだけはしてはならん。子どもを敗者復活の道具にすることは、金輪際《こんりんざい》、許さん」

「お言葉ですが、それは違《ちが》います」

穂村さんが応えた。

「――ぼくには、そんなつもりは毛頭ありません。そのくらいは、わきまえています。自分が不完全な人間であることも、嫌《いや》というほどわかっています。……それでも、ぼくはなんとか、彼《かれ》の人生を幸せなものにしたい。生まれたことを祝福したい。それを手伝うのに、できれば自分の力を使わせてほしい。――それだけです」

穂村さんはもう一度自分に確かめるように、ゆっくりと言葉を選んで言った。

「今日、夏芽ちゃんに教わって、ようやく迷いが晴れました。――あの子は、宝なんです」

ぎょっとした。なんで穂村さんが知っているのだろう。

「あの子を背負って帰ってくるとき、聞かれました。『たからってなあに』と。夏芽ちゃんが、自分のことをそう言った、――と。それで目が覚めました」

穂村さんは静かにかみしめるような声で告げた。

「――あの子は、雷太は、守っていかなければならない宝なんです」

思いきって柱の陰《かげ》から顔を出すと、広い本堂のまんなかで、タケじいを前にして穂村さんが座《すわ》っているのが見えた。姿勢を正し、まっすぐに顔を上げて静かに向きあっている。そのままどちらも口をきかない。

やがてタケじいが大きく天井《てんじょう》を仰《あお》いだ。

「……甘《あま》いな。あー甘い甘い。甘すぎだ、まったく」

ぼやくあいだも、穂村さんは視線をそらさず、じっと相手を見ている。と、タケじいがふと顔を戻《もど》した。驚《おどろ》くほど厳しい表情だった。鋭《するど》い声で問いかける。

「では聞こう。あの子の人生に寄りそううえで、――その時間は、思ってるよりも長いぞ――そこにほんのひとかけらでも、おのれの贖罪《しょくざい》の気持ちを混ぜることがないと、言いきれるか」

穂村さんの瞳《ひとみ》が一瞬《いっしゅん》、揺《ゆ》らいだ。そのままじっと内陣《ないじん》の奥《おく》の本尊に視線を据《す》えて考えこんでいる。長い沈黙《ちんもく》のあと、やがて力なく床《ゆか》に視線を落とした。

「――わかりません」

「ではもうひとつ。再び失うことを恐《おそ》れず、どんなときもあの子を縛《しば》ることがないと、真実、言いきれるか」

穂村さんはぎゅっと目を閉じた。絞《しぼ》りだすように答える。

「――……できません」

それからがっくりと下を向くと、それきりなにも言わなくなった。しんとした静寂《せいじゃく》のあと、やがて押《お》し殺《ころ》したような声が聞こえはじめた。穂村さんの嗚咽《おえつ》だった。

わたしはぎゅっと手で口を押さえた。いっしょに泣いてしまいそうだった。

「――ふん」と、そこでタケじいが盛大《せいだい》に鼻を鳴らした。

「ようやく、わかったか。未熟者め」

びりりと響《ひび》く声で言い放つ。わたしと葉介も跳《と》びあがった。

「――よかったな。もしそこで、自分を信じる、……なーんて寝《ね》ぼけたことを言っとったら、即刻叩《そっこくたた》きだすところだったぞ」

穂村さんは虚《きょ》をつかれたような顔で目の前の師を見ていた。タケじいはやれやれと言って大きく肩《かた》を回した。

「……そうだな。あんたひとりじゃ無理だろうよ。未熟者だからな。おおかた自分の人生に引きずられるし、縛《しば》りもするだろう」

だが、とつづける。

「ほかの人間も手伝えば、そうひどいことにはならんだろう。……たぶん」

穂村さんがぱっと顔を上げる。

「住職、では――」

「踏《ふ》み迷《まよ》ったときは、頭ひっぱたいて目を覚ましてやる。——いつまで居座《いすわ》る気か知らんが、まあ、ここにいるあいだは美鈴も手伝ってくれるだろうよ」

「——あ」

ありがとうございます、と穂村さんが深く頭を下げた。

「……どうか、お力をお貸しください」

「すぐに希望が叶《かな》うかはわからん。ざっと見ただけで、調べることも、勉強することもたくさんある」

「心得ています」

「まだあるぞ。仮にここで預かれることになったとして、今までのようにいくとは思うな。この先きっと揺《ゆ》り戻《もど》しも来る。傷つけられた時間だけ、長くかかるぞ。途中《とちゅう》で投げだすならやめておけ。あの子の傷が深くなる。その覚悟《かくご》は、あるか?」

「——はい!」

「……ふん」

タケじいは大きく伸《の》びをすると、よっこいしょと立ちあがった。本堂を出ようとこちらへ歩いてくる。わたしと葉介があわてて頭を引っこめたとき、

「……ああ、そうだ」

扉《とびら》の手前で立ちどまる。

「もうひとつ、あんたは大事なことを忘れとる。——穂村君。きみも、宝だ」

本当はあの男もそうなんだがな、と、そのあとひとりごとのようにつけ加える。

そのとき、渡《わた》り廊《ろう》下《か》のほうでしくしくと泣き声がした。目を覚ました雷太が、美鈴さんに手を引かれてやってきた。

「ほら、みんないるでしょ、雷太」

ついでにわたしと葉介もいっしょにぞろぞろとなかへ入っていく。穂村さんはぎょっとしたような顔をし、タケじいはふんと鼻を鳴らした。

雷太は、まぶしい光のなか、驚《おどろ》いたように目をぱちぱちとさせ、「……あれ？」そろっているわたしたちを見てふしぎそうな顔をする。

と、タケじいが手まねきをして雷太を呼びよせた。

「雷太。おまえに言わなければならないことがある」

不安そうな顔をする雷太に、まじめくさったようすで告げる。

「山のホテルは、今日で終わりだ」

「……しってるよ。ここは、おてらだよ」

ぐすっと鼻を鳴らしながら、雷太が口をとがらせる。

「そうだ。ここは寺だ。寺で、そして、おまえの家だ」

そう言って笑うと、大事なものにふれるように、雷太の頭をそっとなでた。

第十三章　最後の夜に

よく晴れた、空の青い日だった。

ビンゴと、クララと、それから後藤《ごとう》さんは、迎《むか》えに来たトラックに乗せられて、もといた学校へと帰っていった。

最後に大好物の葉っぱや野菜をたくさんもらって、きれいにブラシをかけられて、ぴかぴかになった姿で送られた。

雷太《らいた》をなだめるのがひと苦労だった。わんわんわんわん、あまりに泣くので、苛《いら》ついたビンゴに危《あや》うくつつかれるところだった。迎えの車が来て運転席から男の人が降りてくると、ヤギたちはベエベエと鳴き声をあげながらぞろぞろとその人のほうへ集まっていった。

「生物部の顧問《こもん》の、友沢《ともさわ》先生」

葉介《ようすけ》が紹介《しょうかい》してくれる。友沢先生は、白髪《しらが》交じりのとても優《やさ》しそうなおじさんだった。麦《むぎ》わら帽子《ぼうし》をかぶり、首にタオルを巻いている。ふだんからよく世話をしているのだろう、後藤さんもビンゴもクララも、甘《あま》えるようにその手に顔を擦《す》りつけている。それを見て、雷太がもっと泣いた。

「きみがずっと世話してくれてたんだね。ありがとう。おかげでみんなとても元気そうだ」

「うるさいっ。あっちいけ、ばーかばーか」

「――雷太くんっ。すっ、すみません、失礼なことを……」

穂村《ほむら》さんが頭を下げると、友沢先生は気にするようすもなくにこにことしていた。

「あ、遠野《とおの》君。今度大型水槽《すいそう》も入ったから。アジアアロワナ」

「えーっ、またですかあ？」

いったい、葉介の高校はどんなところなのだろう。

ヤギたちを乗せるため、トラックの荷台がぐるりと板で囲われていた。

この夏じゅうかけてまるまるとお腹《なか》をふくらませたヤギたちが、一頭ずつ、渡《わた》り板《いた》を踏《ふ》んで上っていく。雷太は、それぞれのヤギの首に腕《うで》を回し、ぎゅうっと抱《だ》きしめた。後藤さんがべへへと鳴いて雷太の頬《ほお》にやわらかい鼻先を擦りつけていた。

「……ビッ、ビンゴ。またね。クララ、まっ、またね。ごっ、ごと、ごとうさ、ごとうさああん」

またね、またね、と言葉にならない声で何度も言う。ベエエ、メエエエ。ヤギたちが荷台で鳴いている。

「ベエエ、メヘヘエ」雷太がヤギの声で応える。運転席の友沢先生が、ほうという顔をした。ずっと無口だった葉介はぽんと雷太の頭に手を置くと、すばやく助手席に飛び乗った。

「──じゃあな」

ごとごととトラックが動きだした。ゆっくりと山道を下っていく。

「メヘヘエ──ッ！」

最後に雷太が、涙《なみだ》と鼻水でぐしゃぐしゃになりながらひと声鳴き、それから、人間の子どもの声でわんわん泣いた。わたしは道路のまんなかに立ち、雷太といっしょに見送った。

緑の濃《こ》く繁《しげ》る山道を、ヤギたちが遠ざかっていく。

わたしの夏休みも、行ってしまうのだなと思った。


わたしは縁側《えんがわ》に座《すわ》り、ぼうっとしていた。すっかり気が抜《ぬ》けたようになり、午後になってからもなにもする気が起きない。美鈴《みすず》さんがやってきて、「ほらこれ、平治《へいじ》さんが、夏芽《なつめ》ちゃんに食べさせてやってくれって」と立派な桃《もも》を見せてくれたけれど、気持ちははずまなかった。

香子《かこ》にメールを打ちかけ、やめた。

──しろやぎさんから　おてがみついた

外から、かすかに歌声が聞こえてきた。

声のするほうへ行ってみると、ヤギ小屋の前で雷太がぽつんとうずくまっていた。

「くろやぎさんたら、よまずにたべた――」

わたしはゆっくり近づいていった。小屋は、またあとから葉介と平治さんでばらして運んでいくことになっている。葉介は、今日は学校から自宅へ戻《もど》り、明日また来るつもりのようだ。なあに、まだうちに荷物が置いてあるからな、と平治さんは言っていた。

「……さびしくなっちゃったね」

声をかけても、雷太は黙《だま》っている。

境内《けいだい》にあんなに繁《しげ》っていた草は、すっかりきれいになっていた。ところどころ、植木の皮まで食べられている。その陰《かげ》から今にも白い生き物が姿を現す気がした。

雷太は背を向けたままふり返ろうとしない。

ここで何回、あの歌を歌っていたのだろう。と、その背中が口をきいた。

「……なつめも、かえっちゃうんでしょ」

「……うん」

「ようすけも」

「うん」

小さな体がすうっと息を吸う。

「――くろやぎさんからおてがみついた、しろやぎさんたらよまずにたべた」

わたしに背を向け、雷太は終わらない歌をいつまでも歌っている。

「しーたかがないので、おてがみかーいた」

途中《とちゅう》からわたしも声を合わせて歌った。ふたりで。できるだけ大きな声で。


さんざん歌って、疲《つか》れてうとうとしはじめた雷太を連れて庫裡《くり》に戻《もど》った。茶の間の座布団《ざぶとん》の上に寝《ね》かしつけてやり、ようやく身を起こしたところで美鈴さんに手まねきされた。

最後の日の夕食はなにがいい？　と尋《たず》ねられる。わたしは即座《そくざ》にカレーと答えた。

「美鈴さんの作ってくれるやつがいいです」

あら、と美鈴さんが眉《まゆ》を持ちあげる。

「いいの？　――辛《から》いわよ」

「望むところです」

わたしたちはにやりと笑《え》みを交《か》わし、それからそろって吹《ふ》きだした。くすくす笑ったあと、美鈴さんがふと真顔に戻《もど》りわたしの顔をじっと見て言った。

「――でもね、夏芽ちゃん。もしね、もしもだけど――、家に帰って、また同じことになったとしても、けっして自分を責めないでほしいの」

ゆっくりでいいの、と美鈴さんは言った。

「今のあなたは、前よりずっと、バランスがいいでしょう？　心と体の。だからその感覚を、ちゃんと自分で覚えておくといい」

そこがあなたの、目盛りのゼロだから。

わたしは、はい、とうなずいた。

夕食のカレーは壮観《そうかん》だった。美鈴さんが腕《うで》をふるってくれたおかげで、ナスやカボチャや、豆やチキンやエビのカレーが所狭《ところせま》しと食卓《しょくたく》に並んだ。インド風に、タイ風まである。

「こっちから順に辛《から》いから、よく考えて選んでね」

もちろんわたしは全種類クリアする気でいる。大きなグラスになみなみと冷たい麦茶を用意して臨《のぞ》んだ。穂村さんは、自分用にそっといちばん甘《あま》いのを選んでいたのだが、雷太がどうしても辛いのを食べると駄々《だだ》をこね、一口食べただけで穂村さんのと交換《こうかん》していた。

「さっそく振《ふ》りまわされとるのぅ」

タケじいはじょぼじょぼと醤油《しょうゆ》を回しかけ、それネパール風なのに、と美鈴さんを嘆《なげ》かせていた。

夜になり、わたしはタケじいの姿を捜《さが》した。

タケじいは台所でこっそり桃《もも》を食べていた。わたしを見てちょっとぎくりとする。

「——おお。どうしたね」

「わたしになにか、お話をしてもらえませんか。住職から」

わたしが請《こ》うと、「そうだな」と言ってべたべたになった口と手をタオルでぬぐった。今着ているシャツは「グレムリン」の柄《がら》だった。そういえばタケじいはいつもこういうのばかり着ていたな、と思いだす。今ではわかっていた。こんなにいいかげんそうだけど、タケじいはけっこうちゃんとしたお坊《ぼう》さんだ。ここで過ごす最後の夜に、ほんの少しでいいから、智恵《ちえ》と、そして勇気を分けてほしかった。

本堂に移動して待っていると、穂村さんもやってきた。にこりと笑ってそばに控《ひか》えるように座《すわ》る。美鈴さんは雷太を寝《ね》かしつけているところだ。そこへタケじいがやってきて腰《こし》を下ろし、さてと、と言って膝《ひざ》に手を置いた。ぐいとわたしを見やる。

「——で？」

「え？」

「なんで帰りたくないんだ、理由は？　やっぱり親か。もめたのか」

「——ええっ？」いきなりだった。

住職、そんなやぶからぼうに、と穂村さんが困り顔でたしなめる。

「だって、そうなんだろう？　なーにをいまさら。そんなの、最初っからずーっとわかって……」

「じ、住職」穂村さんがあわてる。

わたしの顔がかあっと燃えるように熱くなった。

「な、なんで――」

タケじいはぽりぽりと耳の後ろを掻《か》いた。

「ふつうわかるさ。こんな田舎《いなか》の山寺に、好きこのんで中学生の女の子がたったひとりでやってくるなんて。しかも締《し》めきり間際《まぎわ》だったって？　これはどう考えても、半分家出のパターンだろう」

住職、もうちょっと言葉を選んで……、と穂村さんが口をはさむ。

本当に？　最初からわかっていたのだろうか。

と、わたしの視線に気づいた穂村さんが、きまり悪そうにうなずいた。

「――はあ、まあ、それは……」

最初に企画《きかく》したのは、美鈴さんだったのです、と言う。

「あの人がここに来られたのは、たしか二年前……でしたっけ？　それからはずっと奥向《おくむ》きのことを手伝ってくださって、とても熱心に。だから、はじめは当寺の窮状《きゅうじょう》を憂《うれ》えてのことだったのだと思うんです。――でも、もしかしたら、自分でもそろそろなにか新しいことをやってみたかったのかもしれませんね」

だから、なんだか変な募集《ぼしゅう》だったでしょう？　と微笑《ほほえ》む。

「ただ、ぼくたちはそのときひとつだけ約束したんです。――もしもたったひとりでこれに申し込んでくる子がいたら、友達といっしょなどではなく、ひとりでこの山奥《やまおく》の寺まで来る決心をする子がいたら、――そのときは、ぼくたちは必ずこのプログラムを実行しよう、と」

穂村さんはわたしの目を見て言った。

「きっとその子は、困っているはずだから――、と」

わたしは顔をふせ、ぎゅっと膝《ひざ》の上で手を握《にぎ》った。

待つ決心をしたのだろう、穂村さんとタケじいはなにも言わずに座《すわ》っている。

――どうしよう。わたしはぐるぐると迷っていた。

ずっと誰《だれ》かに聞いてほしかった。どうしたの、相談に乗るよと言ってほしかった。

でも、誰に話せばいい。香子《かこ》にすら、言えなかったことなのに。

それに、わたしはきっと、なぐさめてほしいと思っている。心のどこかで。

わたしは、卑怯《ひきょう》だ。そんなはずないのに。おまえが悪い。間違《まちが》っている。ひどいやつだ。

答えはわかりきっているのに。

と、そこへふっと線香《せんこう》が香《かお》った。もうすっかり鼻が慣れてしまっていたはずだった。目の端《はし》に、古いけれどきれいに設《しつら》えられた内陣《ないじん》が見えた。

——思いきり叱《しか》られるのもいいかもしれない。ここは、仏様の前だ。

わたしはひとつ息を吸って、それから吐《は》いた。ゆっくりと口を開く。

「どこか、きれいなところに行きたかったんです——」


「……それにしても。不器量な子だなあ」

父のその言葉を聞いたあと、わたしのなかでなにかが弾《はじ》けた。

「……ねば、——ったのに」口が勝手に動いた。

「なに?」ふり返った父の顔はまったくいつもどおりだった。

それがさらにわたしの心をえぐった。いつもと同じ尊大な顔。自分の言葉にも、それを向けられた者の心にもまったく無関心な人間の顔だった。

死ねばよかったのに。

この瞬間《しゅんかん》、固くて重いものを手にしていないのは幸いだった。吹《ふ》きあがりそうになったどす黒いかたまりは、一瞬の差で熱を持ったままどろどろと体内に広がりはじめた。

なにも知らないのんきな父は、不安定な格好のまま、不審《ふしん》そうにわたしを見ている。再びぐらりと怒《いか》りがわいた。

わざわざ松葉杖《まつばづえ》までついて、わたしの部屋にまで入りこんで。わたしの友達を、大事なものを、わざわざ踏《ふ》みにじりに来て。香子のことなんか、あの子がどんなにすてきな子か、なにも知らないくせに。

「……なんで生きてんの？」

驚《おどろ》くほど冷たい声が出た。

「あんたなんか、死ねばよかったのに。あのままひかれて死ねばよかったのに――！」

言った瞬間《しゅんかん》ぞくりと震《ふる》えた。罪悪感はなかった。本心だと知っていたから。

身の内に飼っていたものをようやく出してやれた。その昏《くら》い悦《よろこ》びで震えた。

自分の言われたことを理解したとたん、父の顔色が醜《みにく》く変わった。

「おま――なに、おっ、親に向か――なにを……！」

激高してうまく言葉にできない。代わりに手に持った杖をわたしに打ちおろしてきた。軽い金属とはいえ当たると痛い。何度か打たれ、わたしはとっさにその杖をつかんで引っぱった。

父の手が離《はな》れる。わたしの手のなかにアルミ製の棒があった。父の目は怒りをはらんで見開かれている。気味悪く瞳孔《どうこう》が縮んだ、あの魚の目だった。ざわざわと昔の怒りがよみがえる。

ぎゅっと自分の手を握《にぎ》りしめたとき、玄関《げんかん》でピンポン、と音がした。

はっと我に返る。熱いものを放りだすように杖《つえ》を落とした。「うわっ」驚《おどろ》いた父がぐらりとバランスを崩《くず》して床《ゆか》に倒《たお》れる。

ピンポン、ピンポン、と玄関のチャイムが鳴っている。わたしは携帯《けいたい》電話をつかみとり、いてててとうめいている父を残して部屋を出た。玄関先の配達員を置きざりに、そのまま後ろも見ずに家を飛びだした。

怖《こわ》かった。今自分はぎりぎりのところにいた。それがわかって、改めて震《ふる》えた。

行くあてもなくしばらくさまよい、ようやく香子に電話をかけた。

すべてを話すことはできなかった。お父さんと大げんかして、家に帰れない。そう言ったら、その日は香子の家に泊《と》めてくれた。香子の家族はみなびっくりするくらい温かかった。こんな家があるのかと思ったら、よけいつらかった。

つぎの日、勇気をふり絞《しぼ》って家へ戻《もど》ると、母が仕事を休んで父に付《つ》き添《そ》っていた。とくに足の怪我《けが》が悪くなったわけではないようなのだが、父はわたしをまったく無視することに決めたようだった。それ以来、謝《あやま》っても、なにを言っても空気のように扱《あつか》われた。

わたしは思い知る。

家族に対する「死ねばいい」は、同じ力で自分を殴《なぐ》りにくる。

そこに「恩知らず」という重りを載《の》せて、さらに深くえぐりにくる。そうして自分の心をじわじわと蝕《むしば》んでいく。

「少し、家を離《はな》れてみたほうがいいんじゃない――?」

心配した香子に勧《すす》められ、わたしは長期のキャンプを探しはじめた。後ろめたさで気持ちが萎《な》えそうになるたび、「行ったほうがいい、絶対」と香子に励《はげ》まされた。ほとんど事後承諾《じごしょうだく》で無理やり決めて、家を出るとき、後ろで父の声がした。

「――腐《くさ》りきってるな、おまえは」

身勝手なやつだ。誰《だれ》のおかげで大きくなったと思ってるのか――。

わたしは黙《だま》って後ろ手にドアを閉めた。


ふと風が吹《ふ》き、ろうそくの燃えるにおいがした。

「――父のことは、今でも好きじゃありません。でも、最後に言われたことは、やっぱりほんとだと思うから」

自分のなかが、汚《きたな》いものや悪いものでいっぱいな気がする。なかでもいちばん醜《みにく》いものの存在を知ってしまった。今回はたまたま運がよかった。でも、またいつあれが顔を出すかもしれないと思うと、ただ怖《こわ》かった。

わたしは、逃《に》げたのだ。

いっそすべて吐《は》きだして空っぽになれたらいいのに。気休めでもよかった。きれいな空気と水と、そしてせめて、清浄《せいじょう》な場所にいられれば――。山のなかの寺、という言葉に目が留まったのは、無意識にそんなことを考えていたからかもしれない。

ふん、とタケじいが鼻を鳴らした。

「――たしかにな。半分は当たっとると思うよ。腐《くさ》りきっとるな、あんたの父親は」

住職、と穂村さんが渋《しぶ》い顔をする。

「このあいだの男よりちょっとマシなくらいか。いや、そう変わらんか。なにしろやりかたが巧妙《こうみょう》だからな」まったくどいつもこいつも。その言葉に穂村さんがひそかに首をすくめながら、わたしに向かってそっとねぎらうように微笑《ほほえ》みかけた。

わたしは、驚《おどろ》いていた。

「――あのう」

「なんだ」

「いいんですか。……あの、叱《しか》ったりとか、なんてひどいことを、とか」

「ああ。とんでもないな、その親父《おやじ》さんは。なあ、穂村君」

まったくです、と穂村さんも眉《まゆ》を曇《くも》らせる。

「よく、家を出てこられましたね。さぞ力がいったでしょう。――英断でした」

わたしはぽかんとした。

「でっ、でも、わたしは――」

危《あや》うく犯罪者になるところだったかもしれないのに。それも、一瞬《いっしゅん》とはいえ、この手で、たったひとりの実の父親を――。

「――あのなあ」と、タケじいが困ったようにまたぽりぽりと耳の後ろを掻《か》いた。

「――よし。そんじゃひとつ、とっておきの、ありがたい法話をしてしんぜよう。むかしむかし、あるところに――まあ、今で言ったらネパールあたりか――お釈迦様《しゃかさま》がまだ若かったころ、生まれてきた自分の子どもに『ラーフラ』と名前をつけました。『さまたげ』『じゃま者』という意味でした」

「……知ってます」

ここに来てすぐのころ穂村さんに教わった。

「そうか。終わりだ」

「――えっ」もう？

「で、でも……あのそれ、かわいい子どもだからこそ出家のさまたげになる、って意味でしたよね？」

「そう言われとるけどな。じかに聞いたことはないが——それはともかく、名前をつけられたほうはかなわんわな。そう思わんか？」

「はあ、まあ……」

「そこからさらに深読みすれば、親子といえどもまったくべつの存在なのだ、という意味だと取れなくもないことはない」

どっちだろう。深刻な話だったのが、だんだんおかしなほうへ向かっていく。

と、タケじいの声の調子が変わった。

「——親子は、縁《えん》だ。あんたとこの世を結んだ、ただのつながりだ。それ以上でもそれ以下でもない」

ずしりと重い声に、はっとする。穂村さんも顔を上げた。

「愛とか絆《きずな》とか、そこに意味を持たせようとするから、なんだかおかしなことになる。——そんなもの、運がよければあとから出てくるもんだ。ないものをあると仮定するからゆがむ。苦しむ。はじめからありはしないのに」

そうそう、とタケじいは言った。

「雷太の母親はな、あの子を助けたんだよ。手放すことで、断《た》ち切《き》ることで、あの子を救った。最善ではないかもしれん。でもあれの父親よりはなんぼかマシだ」

あんたはもう大きいから、自分で手放そうとしとるんだな。タケじいはそう言ってわたしを見た。

「だがその歳《とし》では、やはりつらいだろう」

本堂の出入り口から、美鈴さんがそっと入ってきてすみに腰《こし》を下ろした。

「愛情を育めた親子は幸いだ。ただ、それがうまくいかなかったとしても、それはあんたのせいじゃない」

わたしは膝《ひざ》の上でぎゅっと手を握《にぎ》りしめた。

「子は親の、そのまた親の、ねじれに振《ふ》りまわされただけだ。因果だよ。当然の結果だ。あんたはなにも、悪くないよ」

「——悪くない？」本当に？　わたしが？

「簡単な理屈《りくつ》だ。親は子より強い。大人は子どもより強い。——だったら、殴《なぐ》るやつが悪い。なあ、穂村君」

「はい」穂村さんがしっかりとうなずく。「たいへんなことにならなくて、本当によかった」

「心配するな。——あんたはいい子だよ、なっちゃん」

わたしもなっちゃん大好き、と部屋の端《はし》から美鈴さんが言った。

「——」

気がついたら目が濡《ぬ》れていた。涙《なみだ》みたいだった。

さらさらと水のように流れて、ぬぐってもぬぐっても止まらなかった。わたしは小さな雷太のように、頬《ほお》を涙でびしょびしょにしたまま聞いた。

「――わたしは、どうすればいいですか」

これから。あの家に帰って。

「堂々と帰りなさい。子を養うのは親の務めだ」

タケじいはさらにつづけた。

「友達はおるか？　大事な」

わたしはうなずいた。香子の顔が浮《う》かんだ。

「好きな人は？　好きなものは、好きな場所は？」

「――あります」たくさん。

「そうか。なら」

それでいい。とタケじいはうなずいた。

「新たにつないでいけばいい。今度は自分で選びとって。それはぜんぶ、あんたの力だ」

それができれば、大丈夫《だいじょうぶ》だ――とタケじいは言った。

「さて、だが、それだけじゃ足りん。もっと現実に直面したときの実践的《じっせんてき》な方法もいるな。

——それは、このふたりに聞きなさい。きっといろいろ教えてくれるはずだ」

穂村さんと美鈴さんが力強くうなずいてくれた。

「あと、くれぐれも言っとくが、『許してやれ』とか言う連中には関わるな。あれはただの無責任な外野に過ぎん」

よっこいしょ、と立ちあがる。「あっ」と美鈴さんが指をさした。

「おじいちゃん、それわたしの」

つぎの瞬間《しゅんかん》には、タケじいはズボンの裾《すそ》をひらひらさせながらすたこらと逃《に》げだしていた。「もうっ」と美鈴さんが文句を言い、穂村さんはわたしにハンカチをさし出してくれた。

残ったわたしたちは、そのあともう一度、仏前に座《すわ》りなおした。

鈴《りん》を鳴らし、手を合わせる。澄《す》んだ音が余韻《よいん》を残して堂内に響《ひび》く。

「——美鈴さん」

穂村さんが合わせた手をゆっくりと下ろして言った。

「はい」

「やってよかったですね。ぼくたち」

「——はい！」

美鈴さんは顔いっぱいで笑う。

なっちゃん、わたしたちのところへ来てくれて、ありがとう。そう言ってわたしをぎゅっと抱《だ》きしめた。

それから、わたしたちは茶の間に行って遅《おそ》くまで作戦会議をした。一段落したところで、冷たく冷やした桃《もも》を食べた。平治さんのくれた桃は、甘《あま》くてみずみずしくて、夢のようにおいしかった。白い果肉が、たくさん泣いてほてった頬《ほお》をひんやりと鎮《しず》めてくれる。寝《ね》てしまった雷太にはちょっとだけ申し訳なかったけど。

最後の夜が静かに更《ふ》けていく。

茶の間の電灯の色と、それをはじく穂村さんの眼鏡の縁《ふち》。ひらひら揺《ゆ》れるレモン色の美鈴さんのワンピース。

その夜の景色のすみずみまでわたしは覚えていよう。

きっとこの先、わたしは折にふれて思いだす。

暗がりに迷っても、この景色が小さな灯火《ともしび》になってくれる。

強くそう信じられた。

終章　夏のたからもの

座席の下から、波がよせるように電車の振動《しんどう》が伝わってくる。

特急電車の窓から、わたしは外の景色をながめていた。

景色が後ろへ後ろへと流れてゆく。ほんの数時間前は、まだあの場所にいたのに。


今朝もいつものとおり、境内《けいだい》の掃除《そうじ》と朝のお勤めを済ませ、それから朝食のあと、本堂でささやかな閉会式がおこなわれた。

「――以上、万木夏芽《まきなつめ》さん、あなたは第一回『お寺でサマーステイ』を無事修了《しゅうりょう》されましたことをここに表します」

穂村《ほむら》さんが手作りの修了書を手渡《てわた》してくれた。記念品の入った袋《ふくろ》も渡される。

「……あれ？　でも、そういえば、開会式ってありましたっけ」

袋を受けとりながらわたしが言うと、穂村さんと美鈴《みすず》さんは、まあまあまあと笑ってごまか

した。そのとき、ばたばたと足音がして、

「――おっ、ぎりぎり間に合った？」

戸口から葉介《ようすけ》があわただしく駆《か》けこんできた。わたしたちがそろっているのを見て、ぱっとまぶしい笑顔《えがお》を見せる。わたしはなぜか目をそらしてしまった。ひどく久しぶりな気がした。最後に会ったのはつい昨日のことなのに。

ようすけー！　とそれまですみっこですねていた雷太《らいた》が飛びつきに行く。

「まいったよ、途中《とちゅう》で電車止まってさ。駅までじいちゃんに迎《むか》えに来てもらって――」

「すぐ来い早く来いと、うるさくてな」

あとから平治《へいじ》さんと清子《きよこ》さんがゆっくり現れた。桃《もも》、すごくおいしかったですと言うと、平治さんは満足そうにむふっと笑った。

葉介も同じように修了書《しゅうりょうしょ》と記念品をもらう。

「うわ、なにこれ経本《きょうほん》？」とのぞきこむのに、「あら、ちゃんとアルバムも入ってるんだから」と美鈴さんが胸の前で腕《うで》を組む。穂村さんとふたりで一生懸命《いっしょうけんめい》まとめてくれたらしい。

ちらっとなかをのぞくと、ヤギたちの写真が目に飛びこんできて胸がいっぱいになった。最後にみんなで撮《と》った記念写真もある。すぐに閉じた。あとでゆっくり、ひとりで見よう。でないとわんわん泣いてしまいそうだった。

特急の停《と》まる駅まで、美鈴さんの車で送ってもらうことになった。穂村さんと、雷太と、葉介がいっしょに乗りこむ予定だ。今回は、タケじいがお留守番をしてくれることになった。

出発の前に、わたしは境内《けいだい》を見てまわった。庫裡《くり》と本堂をつなぐ渡《わた》り廊下《ろうか》を越《こ》え、裏へ回ると、ヤギたちのいた小屋がある。がらんとしてもうなにもいない。

「——あの小屋さ、残しとこうかなって」

ふいに後ろで声がする。ふり向くと葉介が立っていた。ついてきてたの？　と言ったけれど、なんとなく予想していたような気もする。

「残しとくって、なんで？」

「……うん。また来年もヤギを貸せって言われるかもしれないし——それに、昨日、友沢《ともさわ》先生がさ」

ぼくの懇意《こんい》にしているヤギ農家で、毎年春に子ヤギが生まれるよ。

あの小さい子に、一匹譲《びきゆず》ってもらってもいいよ。

「——って」

雷太の顔にぱあっと光が灯《とも》るのが見えるような気がした。

「いいなあ。見たいなあ」

思わず口にしていた。この美しい緑の草地に、雷太と子ヤギが駆《か》けまわる姿を。

「つづけるって言ってたよ、サマーステイ。来年も」

葉介があらぬほうを見ながら言った。

「知ってる。もう予約したもの」

え、まじ？　とふり返る。葉介は、今日は作業ズボンをはいていなかった。靴《くつ》も長靴でなくスニーカーだ。もとのままでもよかったのにな、とちょっと残念に思う。

「おいでよ、葉介も。また来年」まっすぐに顔を見て言った。「待ってるから」

葉介の日に焼けた顔がほんの少し赤くなった。

「……おう」

それから少したためらい、手をさし出してくる。「約束な」葉介の手はごつごつとして、爪《つめ》が大きい。わたしも手を伸《の》ばした。指先がふれようとしたとき、後ろでタタタタ、と足音がして雷太がいきなりふたりのあいだに飛びこんできた。

「雷太、おまえなあ……」と葉介がうめく。

「なつめ。これ」

あげる、とさし出してくる。若草色の円い輪っか。しろつめ草の、冠《かんむり》だった。

「……雷太が作ったの？」

こくりとうなずく。

「みすずさんと」

ヤギたちのおかげで、境内《けいだい》にはもうこんなに花は残っていなかったはずだ。きっとよそまで摘《つ》みにいってくれたのだろう。しゃがんだわたしの頭にそっと載《の》せてくれる。冠は少し大きくて、かしいだ端《はし》から白い花が目の上に落ちてきた。ふっと青草の香《かお》りがする。と、雷太はわたしたちの手をぎゅっと握《にぎ》った。

「――ねえ、ぶらんこ！」

その口はおかしなふうにきゅっと引き結ばれていた。葉介とわたしは顔を見あわせ、それから小さな手を握りかえした。

「――よし、いくぞっ」

それっ、と高く持ちあげる。山の緑と青空を背景に、雷太の体がふわりと浮《う》く。泣きそうな顔をしていたのがだんだん笑顔《えがお》に変わっていく。大きく前後に揺《ゆ》すってやると、きゃあきゃあと声をあげて笑った。

雷太は、ほんとに重くなった。来年会ったとき、また同じことができるだろうか。

向こうで美鈴さんが手を振《ふ》っている。そろそろ出発の時間なのだろう。穂村さんとタケじいの姿も見える。平治さんがわたしの荷物に桃《もも》を詰《つ》めこもうとしている。

わたしはもう一度ふり返った。

ヤギたちの遊んでいた草地の向こう、濃《こ》い緑の山が見えた。その上に青い空。ざあっと風が吹《ふ》く。

そのぜんぶが、小さな草の輪になって、わたしの頭の上にあった。


電車は街へ近づいている。

駅まで香子《かこ》が迎《むか》えに来てくれることになっている。

この夏休み中、彼女《かのじょ》は精力的に動いていたらしい。高校の生徒会と連携《れんけい》し、通学途中《とちゅう》の生徒の困りごとについてレポートをまとめ、問題提起するつもりのようだ。さすが香子、正しい前向き。「帰ったら手伝ってね」と言われ、「もちろん」と返しておいた。


寺を去るとき、タケじいがわたしを呼びとめた。手を出しなさい、と言う。

言われたとおりにさし出すと、手のひらに、ぎゅっとなにかを押《お》しつけられた。

「これ……?」

開いた手のまんなかに、丸く模様が押されていた。寺の本堂をかたどった図案に、中央に大きく「宝」の文字。

「宝山寺謹製《ほうざんじきんせい》、オリジナルスタンプだ」にんまりと笑う。

わたしはじっとその文字を見つめた。

「──たからって、なあに」

あの日、雷太に尋《たず》ねられ、穂村さんはこう答えたのだという。

「それはね、とても大事で、とてもよいものだよ」

そしたらそのあと、すぐに眠《ねむ》ってしまったんですよ、と穂村さんは笑って話してくれた。

──そう、これはとても大事で、そして、とてもよいものだ。

おじいちゃんたらいつのまに、と美鈴さんが言うのに、タケじいは「ネットで売りだせんかな、穂村君」などと無茶なことを相談している。葉介も同じものを手に押《お》され、「ねえ、おれもー！」とせがんだ雷太は、頰《ほお》に丸く押されていた。


「ええと、三号車──はここでいいみたい」

見送り先の駅のホームには、美鈴さんと穂村さん、それから雷太と葉介が並んでいた。

はいこれ、と手渡《てわた》された袋《ふくろ》には、きれいにラッピングされた雷太の草冠《くさかんむり》と、『宝山寺の歩み』と書かれた冊子が入っている。

「なーんて、これなかみは、モラハラ対策マニュアルだからね。がんばったのよ、充実《じゅうじつ》の内容だと思うわ」と美鈴さんが胸を張った。困ったらいつでも電話してくださいね、と穂村さんがくり返し念を押《お》す。わたしは笑顔《えがお》でうなずいた。

——まもなく電車が入ります。アナウンスが告げる。

雷太の顔がくしゃんとゆがむ。わたしは小さな体をぎゅっと抱《だ》きしめた。

「また来るから」

雷太、大好きだよ。そう言ってもう一度抱きしめる。

「葉介も」立ちあがって手をさし出した。「いろいろありがとう」

「——うん」

笑った顔がもう懐《なつ》かしかった。今度はしっかり握手《あくしゅ》する。強く握《にぎ》ってくるのでわたしも握りかえした。しゃべると泣きそうなのでただじっと手を握り合わせていた。葉介の手のひらの熱が自分に移ってくることを願いながら。

「——あのさ」葉介が口を開きかけたとき、すぐ後ろで声がした。

「長いわね」

「長いですね」

セイシュンねえ、と美鈴さんが感に堪《た》えないように言い、わたしたちはあわてて手を離《はな》す。

「ようすけはぎゅってしないの」雷太が聞くのに、葉介がぶすっとして答える。

「……大人は軽々しくそういうことはしないんだよ」

「ようすけおとなじゃないよ」

「おまえほどチビじゃねえよ」

「でもおれ、せみたべないよ」

葉介がぐっと詰《つ》まる。

「──ほんとおまえ、口が達者になったな」

雷太はにっと得意そうに笑い、メヘヘヘ、と鳴いてみせた。


電車の振動《しんどう》に揺《ゆ》られながら、わたしは手を開いて「宝」の文字をながめた。

たとえ水に流れてしまっても、大丈夫《だいじょうぶ》。この文字は、けっして消えない。

ぎゅっと握《にぎ》りしめる。

──ああ、そうか。

あそこは「宝」の山だったんだな。ふっと笑いがこぼれた。

車内にアナウンスが流れる。

まもなく電車は駅に着く。

メエエ、とヤギが鳴いた気がした。とたんに山の緑がよみがえる。青い風が吹《ふ》いてくる。

ふとまばたきしたつぎの瞬間《しゅんかん》、窓の外は見なれた街の景色に変わっていた。マイク越《ご》しに声が割れただけだったのかもしれない。

駅のホームが見えてきた。ゆっくりと電車が停《と》まる。

立ちあがったとき、雷太のくれた冠《かんむり》から最後に山が香《かお》った。

わたしはそっと袋《ふくろ》の口を閉じ、まっすぐに頭を揚《あ》げる。

小さなその冠にふさわしいように。

ドアが開き外の空気が吹《ふ》きこんでくる。

わたしはすべての荷物を抱《かか》え、夏の向こうへ歩きだした。

この作品はフィクションです。実在の人物、団体名等とは関係ありません。

【出典・参考資料等】
『三びきのやぎのがらがらどん』マーシャ・ブラウン／え　せたていじ／やく　福音館書店
『ヤギと暮らす―田舎暮らしの相棒に！』今井明夫／監修　地球丸
『13歳からの仏教―一番わかりやすい浄土真宗入門』龍谷総合学園／編　本願寺出版社

市川朔久子（いちかわ　さくこ）

一九六七年、福岡県生まれ。西南学院大学卒業。福岡県在住。

『よるの美容院』で、第五十二回講談社児童文学新人賞を受賞。

『ＡＢＣ！ 曙第二中学校放送部』は、第四十九回日本児童文学者協会新人賞を受賞し、第六十二回青少年読書感想文全国コンクール課題図書に選出される。

本書『小やぎのかんむり』で、第六十六回小学館児童出版文化賞を受賞した。

著作はほかに『紙コップのオリオン』（以上、講談社）など。

小《こ》やぎのかんむり

二〇一六年四月二十五日　第一刷発行
二〇一八年二月　一　日　第五刷発行

著　者　市川《いちかわ》朔《さ》久《く》子《こ》

発行者　鈴木　哲
発行所　株式会社講談社
東京都文京区音羽二－一二－二一　（〒一一二－八〇〇一）
電話　編集　〇三（五三九五）三五三五
販売　〇三（五三九五）三六二五
業務　〇三（五三九五）三六一五

印刷所　株式会社精興社
製本所　黒柳製本株式会社
本文データ制作　講談社デジタル製作

N.D.C.913　252p　20cm　ISBN978-4-06-220005-9

JASRAC　出 1604191-805